A rechter Schwob
wird nie ganz zahm

A rechter Schwob wird nie ganz zahm

Gschichtla und Anekdota
von große und kleine Schwoba

gesammelt und erzählt von
Franz Georg Brustgi
mit 54 Zeichnungen von
Hans Helferstorfer

Verlag Karl Knödler
Reutlingen

Printed in Germany 1983
Zeichnungen: Hans Helferstorfer
Herstellung: Druckerei Harwalik, Reutlingen
ISBN 3-87421-119-3

Inhalt

Achtzig Jahre jung

ist Franz Georg Brustgi im März 1983 geworden. Der Jubilar beschenkt uns aus diesem Anlaß mit einem Band Anekdoten. Denn Geschichten dieser Art haben es ihm angetan. Auf das Anekdotenerzählen kann sein Temperament, will es sich treu bleiben, nicht verzichten. Die Anekdote ist ein Lieblingskind seiner Poetennatur geworden.
Da die Anekdote wiederum dem mündlichen Erzählbrauch besonders nahesteht, nimmt sie willig in sich auf, was Brustgi in vielen Jahren dem Volksmund abgelauscht hat. Daher scheint es, als gleite alles mühelos in die Spielfreude dieses vergnüglichen Erzählens hinein. Auch was ein parodierendes Anspielen und Ausmalen den Geschichten hinzugibt – es stellt sich alles so unbefangen dar, als müßte es zurecht so geschehen und wahrhaftig wahr sein.
Solche Nähe zum Leben, auf den merkwürdigen Einzelfall konzentriert, macht den besonderen

Reiz dieser Erzählkunst aus. Wahn und Schein zerfallen vor ihr. Aus dem Entlarven und Demaskieren des Törichten wird so eine Art Ethik des Rechtschaffenen, aus dem Narrenspiegel der Phantasie ein Stück Poesie, dessen Herzstück der Humor ist. Die verjüngende Frische solchen Erzählens bringt daher das Alte und immer Wahre in ungemindertem Glanz zum Vorschein, so daß es uns vorkommt, als würde es uns zum erstenmal begegnen.

Auch die Anekdoten dieses Bandes leben von der poetischen Fabulierlust, die eine Begebenheit zum ungewöhnlichen Fall macht. Sie sind von jener humorigen Art, eine Handlung zu schürzen, die Brustgi schon immer inspiriert und fasziniert hat. Wir sehen: Brustgis Erzähltalent, seine Schaffensfreude ist im Seniorenstand nicht ermattet. Ihn lockt es noch immer, in solchen Geschichten dem Menschenschlag seines Stammes auf die Spur zu kommen und dabei auszuloten, was ihm, dem Schwaben, die Heimat an Heilem und Heiterem aufgespart hat. Gleich beschwingt bleibt die Lust am Fabulieren, jenes Vorrecht des Humoristen, dem allezeit der Schalk aus den Augen blitzt. Hinter dem lachenden Schelmengesicht ist deshalb die Weisheit des Alters noch jung geblieben, reich an Einfällen und Ausfällen, die das Nachdenken lohnen.

Die Unbefangenheit dieses Erzählens hat jedoch

ihren Grund auch in persönlichen Erinnerungen, die wie ein feines Geäder alles durchdringen. Sie machen längst Vergangenes wieder ganz gegenwärtig. So kann Brustgi, der Altersjubilar, unvermerkt in Welt und Gewand seiner Jugend schlüpfen, um festzustellen, was in ihm, der zwischen Albtrauf und Oberland zuhause ist, schon immer auf echt schwäbische Art rumort hat.

Dieses Rumoren macht erfinderisch, wenn es darum geht, dem selbstgefälligen Spießer eines auszuwischen oder ihm ein Schnippchen zu schlagen. Es fühlt sich bestärkt und bestätigt von jedem gelungenen Schwabenstreich, von jeder kleinen Bosheit und jedem Abenteuer, das eine nicht abenteuernde Welt suspekt macht. Es verlustiert sich am Karikieren derer, die alles schon besser wissen wollen, um zu zeigen, wie leicht das Wirkliche zum Närrischen, das Närrische zum Wirklichen wird. Solches Aufdecken und Durchschauen zieht jedoch den trotz alledem begütigenden Schluß: Das Treiben der Welt ist fragwürdig, aber man kommt nicht von ihm los.

Die munteren Verwicklungen und Entwirrungen halten in ihrer bald mehr ländlichen oder mehr kleinstädtischen Färbung freilich auch die Ränke und Eulenspiegeleien fest, die den Schwaben von seiner knitzen Seite zeigen. Er hat es dick hinter den Ohren. Brustgi kostet denn mit ergötzlich schmunzelndem Lächeln aus, was hinter der nai-

ven Spielmaske der kleinen und großen Schelme an Spielfreude eines parodierenden Humors sich verbirgt.
Dabei gehen die Eingebungen seiner guten Laune mit den Listen und Gelüsten dieses fröhlichen Völkleins von Schelmen und Schlauköpfen recht freimütig um. Dennoch spiegeln die Geschichten getreulich wider, was der Volksmund in sie hineingelegt hat: heiter funkelnden Scherz und leise Ironie, Witz und Gritz einer hintersinnigen Weisheit. Es ist darum das nicht verlorene Recht der Poesie, sich auf dieses Völklein einzulassen, um gerade das Kauzige, Listige und Verquerte, das ihm eigen, als Züge einer – vom Nichtschwaben oft belächelten – »Stammesgenialität« zu qualifizieren. Denn was solche fröhlich unbefangene Selbstbeschauung hinter Derbem und Zartem, Abstrusem und Naivem an Fragwürdigem auch entdeckt – es ist doch des Fragens würdig, weil es Kerniges, Originäres zum Grund hat.
Nicht verwunderlich also, daß Brustgi das Sonderlinghafte, Verkauzte und Versponnene seiner Figuren liebt, Sympathie für die Schelme und kleinen Bösewichter empfindet. Denn für ihn sind sie Geschöpfe aus erster Hand der Natur. Er hat durch die Frische des Zugriffs, durch farbige Stimmungskraft ihnen ihr künstlerisches Recht zukommen lassen, wenngleich Volkssprache und Mundart im Wildwuchs ihrer kecken Schwänke

und Späße noch fröhliche Urständ feiern. Doch wie immer das alles kostümiert und koloriert wird, es verdeckt nicht die Behaglichkeit der kleinen Freuden und den klammheimlichen Stolz auf das eigene Wesen, das der Jagd nach dem großen Glück nicht bedarf. Die uns hier begegnen, haben den Humor, haben die Lacher auf ihrer Seite, weil das wahre Glück auf ihrer Seite ist, das sie am Ende mit Gott und der Welt wieder ganz friedlich und manierlich auskommen läßt.

Solche Anekdotenkunst, die schon in einigen früheren Sammlungen Brustgis zu Wort kam, macht zweifellos seinen achtzigsten Geburtstag zu einem besonderen Tag fröhlicher Gehobenheit. Und das aus gutem Grund. Denn Humor ist sein wohlwollender Begleiter geblieben, der noch im verzeihenden Lächeln über die Torheiten der Welt dem Menschlichen im Menschen sein Recht widerfahren läßt.

Die Originalität der Phantasie und ein realistischer Lebensblick haben dabei ein Bild von rechter Schwabenart entworfen. Dieses Erzählen will nicht aufreizen und beschwören, aber durch seine liebevolle Schalkhaftigkeit und heitere Gelassenheit einem einseitig bürgerlichen, nüchternen Bild vom Schwaben wehren.

In belebendem Wechsel haben Roman, Erzählung, Sage, Märchen, Lyrik und Porträt dieses Bild von Volk und Land vertieft. Brustgis Poetennatur, unerschöpflich im Aufstöbern fesselnder Stoffe, läßt freilich darin auch etwas vom großen Ganzen des Weltlebens durchschimmern. Glücklich also, möchte man mit Gottfried Keller sagen, »wer in seinem Lande ein Spiegel seines Volkes sein kann, der nichts widerspiegelt als dies Volk, indessen dieses selbst ein kleiner, heller Spiegel der weiten lebendigen Welt ist«.

Emil Wezel

Von Baura, Dokter ond Professer

Der Rechtsanwalt Dr. Wetzel in Tübingen war ein Anwalt, der seine Sache ernst nahm, für Recht und Gerechtigkeit focht und seinen Klienten nie zu gewagten Prozessen riet, die nur Geld kosteten und am Ende schief liefen oder hinten wie vorne waren. Einmal kam ein alter Wingerter zu ihm, den er vom Stammtisch beim Waiblinger her gut kannte, – ein Gog aus der Froschgasse, schaffig, gutmütig, aber eben nicht der Hellste. »Herr A'walt«, sagte er, »worom i zu Ehne komm: dear Reichle, dr August vom Mordiogäßle, hot vor Anderleut zo mir gsait, i sei 's graößt Rendviech, dees en Tibenga romlauf. So e Beleidigong laß mr i et gfalle. Dean verklag i vor Griicht, – ond Sia möcht e bitte', mein Advokate z'machet.« – »Herr Mähle, nemmet Se mirs net en Übel«, erwiderte der Dr. Wetzel, »i kann Ihr Partei o'möglich vertrete und Ihne bloß rote, dui Klag zu unterlasse!« – »So, ond morom, wenn i froge därf?« – »Warum? – dem abgefeimten Reichle ist's zuzutraue, daß er de Wahrheitsbeweis a'tritt – und was wollet Se noh mache dagege?«

Zur Einweihung des neuen Kollegienhauses der Universität Freiburg war auch der Minister Freiherr von Bodmann als Festgast geladen. Die medizinische Fakultät ernannte ihn anläßlich dieses Ereignisses zum Ehrendoktor der Medizin. Beim Festmahl im Parkhotel, in dessen Verlauf mehrere sehr geistreiche und heitere Reden gehalten wurden, ergriff auch der Minister das Wort zu einem Trinkspruch. »Auch ich, meine Herrn«, begann er, »nannte mich früher einmal einen Studenten der Medizin und hoffte mein Ziel zu erreichen. Da kam der Krieg 1870 auf 71, den ich im Sanitätsdienst mitmachte. Unter dem Eindruck des Elends und des Jammers, den ich da erleben mußte, entschloß ich mich, der Medizin den Abschied zu geben und sattelte auf Jura um. Meine Herrn, ich kann Sie versichern, daß Sie keinen Würdigeren als mich zum Ehrendoktor promovieren konnten, – denn ich habe durch meinen damaligen Entschluß gewiß Tausenden meiner Mitmenschen das Leben gerettet!«

Der Tübinger Taglöhner Johannes Weinbrenner leerte seit Jahren alle Quartal die Abortgrube bei Professor Scheifele. Als sich eines Tages der Johann wieder zu seinem »Gschäftle« meldete, erhielt er von der Frau Professor vom Küchenfen-

ster aus die Anweisung: »Also, Johann, ich hätte gern, daß Sie die Produkte zweckmäßig im Gemüsegarten verteilen: das Dünne an Salat, Schnittlauch und Rettiche; das Kompakte an Kraut, Bohnen und Beerensträucher.« – »Ischt recht, Frau Professer!« rief er zum Fenster hinauf, das die Frau energisch schloß, um den widerlichen Duft von ihrer Wohnung fernzuhalten. Der alte Weinbrenner legte die Lachenschapf beiseite und ging zum Vesper. Als er nach einer Stunde wieder kam, empfing ihn die Frau Professor mit Vorhaltungen und der Frage, warum er überhaupt weggelaufen sei. »Ha, wisset Se, Frau Professer«, antwortete er, »i han Ehne Zeit lasse wölle zom Sortiere, denn so a hoikels Gschäft braucht sei' Zeit ond leid't koine Zuaschauer!«

Die Frau Kommerzienrat lag – wie sie dem herbeigerufenen Arzt klagte – sterbenskrank im Bett. »Wo waren Sie denn gestern abend eingeladen, gnädige Frau?« fragte er freundlich lächelnd, denn als Hausarzt der honorigen Familien wußte er schon Bescheid. – »Bei Direktor Ankele.« – »Und was, wenn ich fragen darf, gabs da zu trinken?« – »Nix besonderes, Herr Medizinalrat: einen Aperitif voraus, dann ein Mosele, einen guten Burgunder und zuletzt ein oder zwei Gläschen

Sekt.« Der Doktor zog die Brauen hoch und machte ein bedenkliches Gesicht. »Ists schlimm, Herr Medizinalrat?« – »O, nicht grad, Frau Kommerzienrat, Sie habe halt eine merkwürdige Krankheit – einen weiblichen Kater.«

Der berühmte schwäbische Philosoph Eduard Zeller besuchte einmal seine schwer erkrankte Schwägerin in Stuttgart. Sie bat ihn, falls sie sterben müsse, zu ihrer Beerdigung zu kommen. »Gute Frau Schwägerin«, sagte er; »ich will Ihnen etwas sagen: sollten Sie schon in den nächsten vierzehn Tagen sterben, können Sie mir nicht zumuten, schon wieder nach Stuttgart zu fahren, – ich bin nicht gewohnt, zu meinem Vergnügen zu reisen.«

Auf einem besonnten Bänkchen sitzend schaut ein Tübinger Professor von der Burg herunter über die Stadt und das Neckartal hin. Ein neunjähriger Bub bewundert den ihn begleitenden Cocker-Spaniel und redet ihn mit Schmeichelworten an. Dem Herrn Professor gefällt der junge Tierfreund. »Was willst du denn einmal werden?« fragt er. »Ich will, wie mein großer Bruder, später die Realschule besuchen und wie er Ingenieur werden.« – »Schön, mein Junge! Und warum gerade das?« – »Ha, ha«, antwortet er, »ein Ingenieur hats schön; der braucht nix als ein bißchen zeichnen und kann viel auf den Baustellen herumlaufen. Falls es mir aber zum Ingenieur nicht langt, werde ich halt Pfarrer, wie mein Vater.«

Im »Ochsen«, irgendwo im Remstäle, saßen im Nebenzimmer, das nur durch eine dünne Wand von der Wirtsstube getrennt war, einige Honoratioren bei einer Besprechung wichtiger Vereinsangelegenheiten beisammen. Um den Stammtisch drüben hockte eine Runde Bürger, die überlaut in den ortsüblichen Ausdrücken über Gemeinderat und Regierung und insbesondere über die hohen Steuern schimpften. Den Herren im Nebenzimmer ging dieses Geschimpfe allmählich auf die Nerven, und schließlich trat einer in die Gaststube hinaus und fragte den größten Schreier: »Sie Mann, wieviel Steuer müssen Sie denn bezahlen, daß Sie so fürchterlich aufbegehren?« – »Zwölf Mark! Und dees für mei' kleis Ei'künftle!« Da langte der Herr in seinen Geldbeutel, legte ihm die zwölf Mark auf den Tisch und sagte: »So, jetzt bezahlen Sie Ihre Steuer und hören auf zu lamentieren und andere Gäste zu stören!« Doch der wies das Angebot zu-

rück mit den Worten: »O noi, Herrle! Dees tät Ehne so passe, mir mei' Stuier zahle – i will schimpfe därfe!«

Ein altlediger kleiner Bankbeamter bekam in seinen Sechzigerjahren allerlei Beschwerden, die ihm ziemlich bange machten. Schließlich entschloß er sich, den Doktor zu Rate zu ziehen. Der untersuchte ihn gründlich und sah keinen Anlaß zu ernstlicher Besorgnis. »Sie glauben also, Herr Doktor, daß ich auf ein hohes Alter hoffen darf?«

– »Gewiß – wenn Sie vernünftig leben. Rauchen Sie?« – »Nein.« – »Wie stehts mit dem Alkohol?« – »Trinken tu ich sehr mäßig.« – »Sind Sie verheiratet?« – »Nein, es wär mir angst!« – »Ja Mann«, meinte drauf der Doktor, »dann sagen Sie mir bloß: zu was wollen Sie dann ein hohes Alter erreichen?!«

Der Doktor Schmidgall war ein Doktor, wie man ihn auf dem Land brauchte; ein waschechter Schwabe: tüchtig, grad heraus, derb und wenig zimperlich. Er verstand sein Handwerk und wenns gerade pressierte kurierte er auch einmal ein Roß oder ein Stück Rindvieh. Einen Mordspick hatte er aber auf die Quacksalber und Halsbeutelsweiber, die mit der Einfalt der Leute Schindluder trieben.

Einmal hatte er die Grabenbäuerin, die an Nervenkopfweh litt, in seiner Behandlung. Natürlich könne er das Leiden nicht wegblasen, sie müsse drum schon etwas Geduld haben, sagte er.

Noch keine Woche war um, da ließ der Bauer spät am Abend den Doktor rufen. Es sollte aber gleich sein, denn sein Weib halte es nicht mehr aus vor Schmerzen. – Der Doktor Schmidgall fand die Grabenbäuerin im Bett, mit einem sonderbar aussehenden Umschlag auf dem Kopf. »Was hänt

Se denn do rombunde?« fragte er. »En Omschlag ... mit Sauerkraut ... Dees helf ganz gwiiß ... hot dr Kräutlesadam gsait.« – »So, hot r gsait?!« brauste der Doktor in einer Sauwut auf. »Noh vergesset Se aber jo et, ao no a Bluatwurst obedrauf zbindet! Guat Nacht!«

Der Metzger und Hirschwirt, ein trinkfester Geselle mit zweieinhalb Zentner Lebendgewicht, lag schwer krank im Bett; der Doktor saß neben ihm, schüttelte bedenklich den Kopf und sagte: »Jaja, Hirschwirt . . . Wasser! . . . Wasser!« – »Waas saget Sia?!« fuhr der ihn an, »i hao doch beigott mei' Leabe lang bloß Wei' gsoffe, ond jetz soll i an dr Wassersuucht sterbe?«

Ein uralter Bauer lag in seinem blau-weiß gewürfelten Bett und wartete auf das Ende. Er suchte mit dem schon verschatteten Blick in der Kammer umher und fragte: »Send-r älle do, Kender? Noh haöret, was e sag: Vertoilet's Sach, wias reacht ischt ond haltet de Frieda mitanander! Em Wandkäschtle send no zwoi Flasche Zwetschgeschnaps, – de oi' könnet ihr trenke, de ander brauch i, bis dui Sterberei voll verbei ischt.«

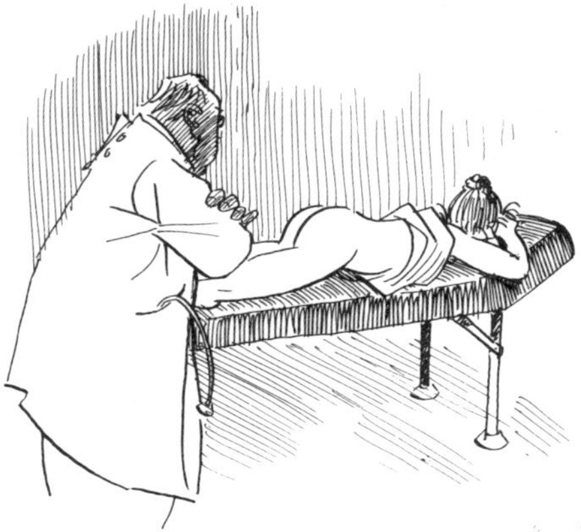

Der Doktor Weinhardt, der mit 80 noch praktizierte, war ein ebenso guter und beliebter Arzt wie ein mit handfestem Humor begabter Schwabe. Eines Tages kam ein altes Bauernweiblein vom Land herein zu ihm und klagte über böse Schmerzen im Rücken und Gesäß. Er hieß sie sich ausziehen und auf den Bauch legen. Vielleicht war's der kleine Schreck bei der Berührung mit dem kühlen Wachstuch auf der Liege – jedenfalls entfuhr ihr ein lauter Wind. »Do hänt mr-s jo!« sagte lachend der Dokter Weinhardt: »Hexeschuß! Dr Schuß ist duß und d' Hex leit do!«

Den Gaßjakob – ins 75ste ging er und war sein Lebtag nie krank gewesen – kam mit einemmal eine Krankheit an, die ihn ans Bett fesselte. Sohn und Söhnerin versuchten immer wieder, ihn so weit zu bringen, daß er den Doktor holen ließ. »I will et ond dees brauchts et!« sagte er und drehte den Kopf zur Wand. Als gar keine Besserung eintreten wollte, baten sie seinen alten Schulfreund, den Leuzemichel, er solle dem Kranken gut zureden, denn sein Wort habe beim Vater immer etwas gegolten. Der kam auch, setzte sich an Jakobs Bett und hörte seine Klagen teilnahmsvoll an. »Jakob, wenn du so krank bischt, worom läßt denn no et emol de Dokter ruafe?« fragte er. »Du hoscht me ällweil verstande, Michel; dir sag-e-s, worom i koin Dokter hole laß: Weil i no et sterbe will!«

Ein Arzt wurde an das Krankenbett einer alten Arbeiterwitwe gerufen und sah zu seinem Erstaunen an der Wand der Schlafkammer zwischen den Bildnissen von Marx und Lasalle den gekreuzigten Christus hängen. »Aber liebe Frau, wie kommen diese drei Bilder in *eine* Reihe?« fragte er entrüstet. »Ja, das war so, Herr Doktor: Zuerst hing bloß das Heilandsbild da. Eines Abends brachte aber mein seliger Mann – er war ein eifriger Anhänger der Sozialdemokraten – die zwei andern Bilder daher und sagte: der Christus müsse herunter, jetzt seien die zwei andern seine Heiligen. Da gabs einen bösen Streit. Ich sei daheim, sagte ich, im christlichen Glauben erzogen worden und lasse mich von ihm nie und nimmer abbringen. Schließlich gab er um des lieben Friedens willen zu, daß der Marx und der Lasalle rechts und links neben dem Heiland aufgehängt werden.« – »Ja-ja . . .«, meinte der Arzt dazu, »auch heutzutag hängt also Christus zwischen zwei Schächern!«

Einen wegen eines Bankeinbruchs überführten, verstockten Burschen fuhr der Richter zuletzt an: »Angeklagter, muten Sie meiner Geduld nicht zu viel zu! Jetzt will ich es Ihnen sagen, wie der Tathergang eigentlich war«, – und er schilderte ihn mit viel Phantasie ausgeklügelt bis ins kleinste. – »Nun frage ich Sie: War es so?« – »Nein, nicht ganz so, Herr Richter; aber« – und dabei strahlte er über's ganze Gesicht – »Ihre Methode ist viel besser als die meine. Ich werde sie mir für die Zukunft merken!«

Aus reinem Konkurrenzneid hatte der Lammwirt einen Pick auf den Kreuzwirt, denn bei dem saßen die ausdauerndsten Weinsüffler am Stammtisch. »Dem werd i e Zörnle ei'jage!« sagte gelegentlich einer abendlichen Runde der Stierleaugust, der wegen seiner Spitzbubenstreiche im ganzen Dorf bekannt war. Er ging zu nachtschlafender Zeit am »Lamm« vorbei und klopfte mit der Faust an die Haustür. Der Lammwirt, in Nachthemd und Zipfelkappe, riß das Fenster auf und schrie herunter: »Was geits, mitte en dr Naacht?!« – »Send Ihr dr Lammwirt?« – »Jo!« – »No send doch so guat ond richtet morge früah em Feife em Kreuzwirt aus, daß i heut et, wia ausgmacht, zum Mähe komme könn!«

Es gibt bei aller Derbheit noch Schwaben, die sogar den Götz'schen Gruß in höflicher Form anbringen. Der in ganz Stuttgart wegen seiner feinen Art bekannte Professor Eisenmann sah sich besonderer Umstände wegen genötigt, eine neue Wohnung zu suchen. Er ging einem Inserat nach in die Hölderlinstraße. Als der Hausbesitzer bei der Vorstellung hörte, mit wem er es zu tun hatte, schnauzte er den Professor an: »I nemm koin' Beamte und en Professer zwoimol net!« Ohne ein Wort zu sagen, stieg Eisenmann wieder die Treppe hinunter und begegnete einem Hofschauspieler, der sich ebenfalls nach der Wohnung erkundigen wollte. »Hofschauspieler Rüble!« stellte der sich vor. »Ebe han e's gsagt: i nemm koin' Beamte, koin' Professer und oin' vom Theater glei gar net!« bekam er Bescheid. Der Schauspieler, dem das Wort des Götz von Berlichingen von Berufs wegen nichts Ungewohntes war, schleuderte dem Flegel die Einladung mit Stentorstimme ins Gesicht und wandte sich zur Treppe. Von der untersten Stufe aus hatte Eisenmann das klassische Goethezitat mit angehört, schloß sich dem Vorredner an und rief den Treppenflur hinauf: »Und i möcht höflichst gebete habe: mi ao!«

Ein berühmter Universitätsprofessor galt als unfehlbare Kapazität in Diagnose. Einige seiner Studenten wollten ihn zum Spaß verulken, packten einen ihrer Kameraden bis zum Hals ins Bett und baten den Professor, doch rasch nach dem schwer erkrankten Kommilitonen zu sehen. Der Professor trat ans Bett des ‚Kranken', fragte ihn fachgerecht über sein Befinden und Leiden aus – und bekam prompte Antworten. »Aha!« sagte der Professor mit ernster Miene. »Strecken Sie mal die Zunge heraus!« Der ‚Patient' tat's. »Weiter heraus! Noch mehr! – So ist's gut! Und jetzt können Sie mich mal . . .!«

Zwei alte Freunde, die sich schon lange nicht mehr gesehen haben, treffen sich im Wirtshaus wieder. »Mo steckst denn du, Michel, daß ma' di nemme sieht?« – »I ben e paar Monet et do gwea.« – »Soso – et do gwea bischt . . . Tuar no net so geheimnisvoll: i woiß schao, han i dir et domols glei gsait: Michel, nemm fei en ganz durchtriebene Rechtsa'walt!«

Der »Adler« am Stuttgarter Marktplatz war um 1780 der abendliche Treffpunkt einer trinkfesten und witzigen Gesellschaft, der Wingerter, Handwerker, Ärzte, Advokaten und sogar Kammerräte angehörten. Zu den originellsten Brüdern zählte der Schieferdecker Leopold Bauer und der Dichter Christian Friedrich Daniel Schubart. Ihre Hauptfreude war, treffende, saftige Stegreifverse aufeinander zu machen, und Schubart war unerreichter Meister in dieser Kunst. Einmal waren zwei bereits übereichte Wingerter in der Tafelrunde, der eine Klumpp, der andere Fesel mit Namen. Sie erklärten eine Runde zu zahlen, wenn Schubart auf ihre Namen einen Reim finde. Aus dem Stegreif gab drauf Schubart die Verse von sich:

Nimm 's K hinweg von Klumpp
und 's F hinweg von Fesel,
so ist der ein' ein Lump,
der andere ein Esel.

Einmal bat ihn der Postmeister Reinöhl von Cannstatt um einen auf seinen Namen passenden Reim. Schubart wartete ihm mit den Versen auf:

O du, mit deiner fetten Wampe,
von Reinöhl,
in deiner Geisteslampe
ist kein Öl.

Von Herbe, Schlaue ond ganz Gscheite

Der Stuttgarter Obermedizinalrat Dr. Landenberger, ein vortrefflicher und viel aufgesuchter Arzt, war durch seine schlagfertigen Äußerungen nicht weniger berühmt. Einmal wurde er als jahrelanger Hausarzt zu einem Patienten gerufen, den er als »heiteren Genießer« recht gut kannte. »Na, dann wollen wir einmal gründlich nachsehen, lieber Amtsrat!« sagte der Doktor. Er wußte wohl, was es ihm ernstlich zu empfehlen gab: Mäßigkeit nämlich. Er versteckte seine Mahnung hinter dem Wunsch, dem Herrn Amtsrat möge ein langes Krankenlager erspart bleiben. »Herr Obermedizinalrat«, meinte der Kranke, »das wäre ganz gegen meinen Lebensstil! Mir wäre es am liebsten, wenn ich einmal ganz rasch an einem Herzschlag sterben würde.« – »Jaja, das glaub ich Ihnen gern, . . . Sie Schlecker!« sagte der Dr. Landenberger und verabschiedete sich mit den besten Wünschen.

Es ist schon mehr als hundert Jahre her, da kam der Steuereinschätzer in ein Dorf im Oberland. Der Schultheiß ließ die Bauern und Handwerker durch den Büttel zusammenrufen und der Kameralbeamte erläuterte das neue Steuerabgabegesetz bis ins kleinste. Das setzte kein schlechtes Gezerf, Protestieren und Fluchen ab! Der Beamte versuchte die erhitzten Gemüter mit guten Worten

zu besänftigen. »Liebe Leute«, sagte er, »ihr dürft überzeugt sein, daß ich – will sagen der Staat – nur euer Bestes will.« – »Dees wisset mir, it aerst seit gestert!« rief ein Bauer; »aber *grad sell* wället mir it hergeabe!«

Ein Norddeutscher saß im Zug Stuttgart – Nürnberg, war sich aber nicht sicher, ob er in Crailsheim umsteigen müsse. Er fragte daher den durch das Abteil gehenden Schaffner: »Sagen Sie mal, Herr Schaffner, kann ich sitzen bleiben?« – »Jojo, dees könnet Se«, antwortete der. »Se könnet aber ao emol aufstande, wenn Se wöllet.«

Vor mehr als hundert Jahren stand draußen vor Ernsbach bei Öhringen ein stattliches Hammerwerk, in dem zwölf Stunden am Tag ein halbes Dutzend rußgeschwärzte Gesellen an der Arbeit waren. Eines Nachts torkelte auf dem Heimweg ein Bauernknecht rauschmüd durch die offenstehende Tür der Schmiede, warf sich in einer dustern Ecke auf einen Strohhaufen und schlief ein. Am andern Morgen rückten die Gesellen an und bald zuckten die Flammen auf den Essen, zischte und ächzte der Blasbalg, rasselten Ketten und schwere

Hämmer fielen mit dumpfem Schlag auf die glühenden Eisenstangen. Schwarze Gestalten huschten mit mächtigen Zangen, von grellen Funken umsprüht, durch die mit beißendem Rauch erfüllte Düsternis. Da wachte der Knecht aus seinem Rauschtraum auf, glaubte nicht anders als in die Hölle geraten zu sein. An Leib und Seele zitternd, kroch er von seinem Strohlager, warf sich vor dem riesenmäßigsten Gesellen auf die Knie und jammerte: »Ooh! Ooh! Herr Oberteufel, um was i di bitt, sei sou guet und laß me widder raus! I bin u'schuldig, i bin im Rausch gstorwe!«

Im Jahre 1859 trauerte Biberach um den weitum bekannten Bürstenbinder Dollinger, der, allzeit ein fröhlicher und origineller Kauz, mit 80 Jahren ungern sein Schwabenland verließ. Lange Zeit hing in vielen Bauernhäusern ein Bildnis von ihm: Hinterm Bierkrug, eine rote Rose im Mund, saß er und schaute mit lächelnden, hellen Augen in die Natur hinaus. Unter dem Bild stand sein Lieblingsspruch:

Eisenbahn und Preßfreiheit
Freun mich bis in Ewigkeit.

Der Bottenmichel, der schon 40 Jahre die Frachtgüter aus der Stadt auf die oft weit entfernten Ortschaften fuhr und samt seinem Gaul Weg und Steg kannte, war einmal noch spät in der Nacht unterwegs, heimzu. Er war ein bißchen eingedöst auf der holprigen Fahrt, als ihn plötzlich eine rauhe Stimme aufschreckte: »He, Bauer! Liacht an de Wage, wias Vorschrift ischt!« – »Nutzt nix, Herr Gendarm!« entgegnete ihm der Michel. »Meim Fuchse brauch e koi' Latern a'zünde, dear ischt blend ond sieht ao *mit* Liacht nix!«

Ein Baiersbronner Bauer fuhr im tiefen Winter auf zwei aneinander geketteten Schlitten Langholzstämme ab. Bei der Einbiegung des Waldwegs in die Fahrstraße geriet der hintere schwere Schlitten in eine Schneewehe und stellte sich quer über die Straße. Zu allem Unglück hin kam ein Auto daher und der Fahrer mußte stoppen, weil kein Platz zum Vorbeikommen war. Der vornehme Herr stieg aus dem Wagen und fuhr den sich vergebens abmühenden Bauern an: »Sie Mann, wat machen Se denn fürn Unsinn! Wenn Se en bißchen mehr Verstand hätten, dann hätten Se die langen Stämme durchsägen und in kürzern Stücken befördern können!« – »Wa moinet Sia, dia Stämm versäege? Dees goht uf koin' Fall!« – »Und weswegen

nicht?« – »Weil ma' aus dene Stämm Mundharfe für d' Berliner macht und für dene ihre graoße Mäuler därfet se net kürzer sei!!«

Die ehrsame Gattin des dermaligen Dekans oder, wie man zu der Zeit sagte, des Spezials von Tuttlingen kam eines Tages auf den Wochenmarkt. Da fiel ihr an einem Geschirrstand mit allerlei Schüsseln, Töpfen und Häfen ein schön bunt geblümtes Nachtgeschirr auf. Sie besah sich's wohlgefällig, fragte schließlich: »Meister Häfner, was kostet so ein Sitzhäfele?« – und bekam zur Antwort: »Frau Speziäle! i will net lang Ränkle mache, – so a Scheißhafe kostet Sia feif Kreuzer.«

Im Raucherabteil der Hohenzollerischen Landesbahn saß ein Bauer von der Reutlinger Alb mit einer Fahrkarte nach Trochtelfingen. Der kleinpreußische Zugführer konnte es sich im Vorbeigehen nicht verkneifen, den Schwaben ein bißchen auf die Schippe zu nehmen. »Wie ich seh, sind Sie ein echter Schwab, ein gesunder Siebziger, denk ich. Ist es wahr, was man so sagen hört: daß der Schwab erst mit vierzig gescheit wird?« – »Jo, so hoißt's.« – »Und was ist dann mit denen, die *nicht* gescheit werden?« – »Dia? Dia könnet emmer no Zugführer werde bei dr Hohezollerische Landesbah'!«

Der Schuster in einem Albdorf, ein knitzer Bruder, ders faustdick hinter den Ohren hatte, kannte sich zudem, trotz einem Pfarrer, in der Bibel aus. Es mochte im Flecken passieren was auch wollte – der Schuster hatte sogleich ein passendes Bibelwort parat.
Eines Tages lief einem Bauern, ohne daß ers merkte, ein Ochse davon, trottete durch die Gassen und weil gerade die Rathaustür offen stand, tappte er da hinein und die hölzerne Stiege hinauf zum Sitzungssaal, in dem gerade der Gemeinderat tagte. Vor dem Rathaus liefen Männer, Weiber und Kinder zusammen und natürlich war auch der Schuster dabei. Alles lachte lauthals über das neue Mitglied des Gemeinderats. Die Ratsherren waren bei diesem Lärm unter die offenen Fenster getreten und machten gute Miene zum bösen Spiel. Der Schultheiß rief zu dem mitten im Volk stehenden Schuster hinunter: »Du mit deiner graoße Gosch! Gelt zo deam Bsuach woißt doch koin' Bibelspruch a'zbrenget?!« – »Ond ob i oin' woiß, Schultes!« entgegnete ihm der. »Wie stehet geschrieben: ‚Und er kam zu den Seinen, aber sie nahmen ihn nicht auf'!«

Zu Zeiten, als es noch keine Postomnibusse gab, mußte der Gaßmichel von Urach die Post all ander Tag auf die Alb hinauf tragen. Das kostete,

besonders im heißen Sommer, manchen Schweißtropfen und gab ihm Anlaß, im »Hirsch« in Würtingen einzukehren. Er stellte die große Ledertasche neben sich auf die Bank und verlangte einen Schoppen Bier. Das Bier war aber so lack, daß er's trotz seinem mächtigen Durst nicht trinken konnte. Er wollte das Kätherle, die seelengute Wirtin nicht beleidigen und wartete darum ab, bis sie in die Küche hinaus verschwand. Der Michel schüttete das Bier kurzerhand in seine Posttasche und dachte, er könne es ja nachher im Hof draußen wieder ausgießen. Doch wie 's der Teufel wollte – die Hirschwirtin kam gerade dazu und fuhr ihn böse an: »Aber Michel! Jetz dees ischt doch a Sünd ond a Schand, so mit-m Sach omgaoh!« – »Wass!« entgegnete der Michel. »Ob Sünd oder Schand, sell ischt mir ois! Wenn aber an deam Gsüff oiner verrecke soll, noh soll's em Staat sei' Ranza sei' ond et dr mei'!«

Graf Johannes von Zimmern war ein wunderlicher, etwas einfältiger Herr. Die Bauern nannten ihn nur den »Lapp« und machten sich häufig über ihn lustig; besonders die von Wittershausen, die als abgefeimte Schlauköpfe bekannt waren. Einmal schickten sie eine Abordnung zum Grafen mit der Bitte, er möge ihnen gnädigst gestatten, in seinen Waldungen eine große Eiche zu fällen, sie möchten mit ihrem Holz einen dem allgemeinen Nutzen dienenden Stall für das Weidvieh bauen. Der Graf gewährte ihnen die Bitte und die Wittershauser fällten die Eiche. Drauf schickten sie abermals eine Abordnung zu ihm, er möge sie doch, dies bitten sie untertänigst, einen Weg durch den Wald bauen lassen, damit sie den Baum abführen könnten. Herr Johannes gewährte ihnen auch diese Bitte. Und was taten die schlauen Bauern? Sie legten die gefällte Eiche der Quere nach auf den Wagen und hieben alles Jungholz, das im Weg stand, nieder, luden alles geschlagene Holz auf ihre Leiterwagen und fuhren es nach Hause. – Weil die Bauern aber einsahen, daß sie den Spaß zu weit getrieben hatten, vermachten sie dem Lapp und seinen Nachkommen für alle Zeiten den Kirchenschatz von Wittershausen.

Die Gemeinde Hoheneck, Amts Ludwigsburg, erwarb erst 1859 eine nicht zu teure tragbare Feuerspritze. Nach Verlauf einiger Jahre hielten aber viele Bürger dieses Löschgerät für unzureichend und verlangten nach einer größeren, fahr-

baren Feuerspritze, so wie sie einige Nachbardörfer schon hätten. Der Gemeinderat sah aber, für die damalige arme Zeit, die Kosten als zu hoch an, vor allem weil gleichzeitig dringend eine neue Orgel beschafft werden sollte. Die Mehrheit der Bürgerschaft war für die Orgel, und so fiel die Entscheidung zu ihren Gunsten aus. Kaum war sie aufgestellt und eingeweiht, brach durch Blitzschlag ein großer Brand aus, gegen den die alte Feuerspritze machtlos war. Willkommener Anlaß für jene, die für die Beschaffung der großen, fahrbaren Spritze gestimmt hatten. Mit Schadenfreude und lautem Hohn bekamen die Orgelbefürworter zu hören: »So, jetzt orglet!«

Der Jakob Brendle – Flaschnermeister, Feuerwehrkommandant und Gemeinderat; auch als zweiter Baß eine unentbehrliche Stütze des Gesangvereins »Concordia« – war alles, bloß kein Freund des Apothekers und Gemeinderats Ölmag. »Dear hält mr z'lange Rede!« sagte er. »Was bei deam seim Geschwätz am End rauskommt, ka' ma' mit seiner Apothekerwoog wäage!« Der Apotheker Ölmag seinerseits konnte den passionierten Wirtshaushocker Brendle nicht riechen.
Als nun einmal in einer Gemeinderatssitzung, wegen der wachsenden hohen Auslagen, die die

Feuerwehr hatte, die Erhöhung der Feuerwehrabgabe zur Debatte stand, fragte der Apotheker mit anzüglichem Grinsen: »Ja, Herr Brendle, was kostet eigentlich so ein ,richtiger Brand'?« – »So viel als oiner vertrage ond zahle ka', Herr Apotheker! Ond jetz will i Ehne ebbes sage: I ka' zwor koine so hochtrabende Rede halte wia Sia; – dees wurd übrigens 's Oinzige sei', was Sia z'Tübenge studiert hänt –, i aber hao bei meim Vatter d' Fläschnerei glernt ond ka' drfür ällweag dringend naötige Milchoimer ond Giaßkanne mache – ond sell könnet Sia et! Verstandet Sia mi?!«

Ein gutmütiger Schwabe wollte sich einmal als Landsknecht anwerben lassen. Der Hauptmann, ein verwegen aussehender Haudegen, fragte ihn, ob er auch fluchen könne. »Dees ka' i, Herr Hauptmann!« sagte er. »So fluch einmal!« Der Bursche machte ein grimmiges Gesicht und rief: »Daß di glei 's Mäusle beiß!« – »Das heißt du fluchen? So einen Ärmling kann ich nicht brauchen; scher dich!« Als der Bursche traurig davonging, lachten ihn die umstehenden Landsknechte schallend aus. Da fluchte er sie an: »Uich soll älle glei dr Teufel hole, ihr saudomme Siache!« Jetzt rief ihn der Hauptmann zurück und nahm ihn in seinen Haufen.

Die von Hildrizhausen waren weitum bekannt als »Stumpenschießer«. Das kam daher: Eines Tages kam der Kapo der Holzhauer in den Kaufladen des Orts und verlangte Sprengpulver. Ein Nachbar war auch gerade da und wollte Futterkalk kaufen. Die beiden kamen ins Gespräch und als sie endlich bhüat di Gott sagten, verwechselten sie die auf dem Ladentisch stehenden Pakete.
Draußen bohrten die Waldarbeiter Sprenglöcher in die Baumstumpen, füllten eines versuchsweise, setzten die Zündschnur in Brand und gingen in

Deckung. Gespannt warteten sie auf den Schuß; aber es geschah nichts, eine halbe Stunde lang. Schließlich wagten sich zwei an den Stumpen, öffneten das Bohrloch und sahen, daß das weiße Pulver nicht Sprengpulver, sondern Futterkalk war. »Sakerment aber ao!« fluchte der Kapo. »I hao gwiiß 's Päckle verwechslet mit-em Bronnebauer seinem!« Er lief ins Dorf und traf im Laden wieder den Nachbarn, der den Kaufmann voller Wut anschrie: »Mei' Sau leit em Schtall ond streckt älle Viere von sich. Wenn se verreckt, muaßt *du* se zahle!« Jetzt war die Sache klar: er hatte das Päckle Schießpulver erwischt und der Kapo wollte die Stumpen mit Futterkalk sprengen. – Seitdem müssen die Hildrizhauser es sich gefallen lassen, daß man sie »Stumpenschießer« heißt.

Der Leuzemichel ist auf den Gallusmärkt, um eine Kuh zu kaufen. »Aber oine, dui viel Milch geit!« schärfte ihm sein Weib ein. Er sieht sich das reiche Angebot an, und zuletzt kommt er mit dem Viehhändler Andres in einen ernsthaften Handel. »Dees ischt de richtig Kuah für di!« sagt der Andres. »Stabil, fromm ond guat em Zug. Viermol hot se gheet, Staatskälble, sag dr i!« – »Ond wia isch mit dr Milch?« – »Was d' Milch betrifft, ka' e bloß sage: wenn de Milch witt, noh kaufscht se.«

Der Michel schlägt ein. Seiner Marie gefällt die Kuh wohl, sie ist auch gut im Zug – aber mit der Milch ist die Rosel nicht spendabel. »Bschisse hot r de, dear Lomp! Breng-em se no wieder!« sagt die Marie. Also geht der Michel zum Viehhändler und will den Kauf rückgängig machen, weil er ihn betreffs der Milch angelogen habe. »Was han i di, a'gloge?!« entgegnet ihm der Andres. »I han dir offe ond ehrlich gsait: wenn de Milch witt, noh kaufscht se!«

Zu der heiteren Tafelrunde und den alle Jahre geladenen Jagdgästen des Gastwirts Schwan zu St. Johann zählten auch der Hans Maier und der Fabrikant Zwißler. Der gehörte aber, wie es im Jägerjargon heißt, zu »unseres Herrgotts Schützen«, er traf mit Sicherheit nichts. Aus Erbarmen wollten ihn aber die beiden andern einmal Jagdglück haben lassen. Sie stopften einen Hasenbalg mit Stroh aus und setzten ihn in einen hohlen Baumstumpf. Auf Umwegen führten sie den Jagdgenossen zwanzig Schritt vor den Baumstumpfen. »Ssss...! Dort, rechts am Weg sitzt a Has!« flüsterte Hans Maier. Zwißler legte an – schoß – der Hase sprang nicht davon, also war er getroffen. Freudestrahlend ging der Schütze auf den Ausgestopften zu. Der hatte einen Zettel im Beißer und darauf stand in großen Buchstaben »Leichenschänder!«

Der alte Maderjakob ist schon viele Jahre Treiber des St. Johanner Jagdpächters. Ständiger Jagdgast ist der Herr Fabrikant Seizer, einer, dem das Treffen schwerfällt und der schon mehrmals den Treiber mit dem Hasen verwechselt hat. Ein paar Tage vor der heranstehenden Treibjagd besucht der Jakob den Herrn Seizer in seinem Büro. »I möcht net o'höflich sei', Herr Seizer«, sagt er; »aber . . . könnt i deesmol net en Vorschuß uf mei' jährlichs Schmerzensgeld han?«

In einem Feuerbacher Wirtschäftle saßen einmal nach dem letzten Krieg ein paar Männer beim Bier und kamen ins Gespräch. »Sia han i eigentlich no nia gseah«, sagte ein eingesessener Feuerbächer zu seinem Nachbarn. »Send Sia von Feuerbach?« – »Selbstverständlich bin i a Feuerbächer.« – »Soo . . . kennet Sia mi?« – »Nei'.« – »Ja wia lang

send Se denn schao en Feuerbach?« – »Vor dreiezwanzg Johr ben e zuazoge.« – »Was? Erscht dreiezwanzg Johr send Sia hia? Jetz will i Ehne ebbes sage: Ao wenn oiner dreiezwanzg Johr en Feuerbach wohnt, ischt r no lang koi' Feuerbächer!«

In einer Volksschule im Oberland spricht der Lehrer in der achten Klasse über Mundart und Schriftsprache. »Ihr da oben, wie auch die im Unterland«, erklärt er, »sprecht ein recht breites Schwäbisch. Ihr habt Wörter, die einer, der schriftdeutsch redet, gar nicht verstehen kann, und wenn er's gedruckt lesen soll, gleich garnicht; aber, – ond jetz schwätz i au als Lehrer schwäbisch, dees ischt no lang it so schlemm, als wenn oiner, wia i o'längst ema Mundartbüachle glese han, statt Katz ‚Kadds' ond statt kratzt ‚graddst' schreibt!«

Ein Maler, Vertreter der modernen Kunst, sagte im Gespräch mit einem Bekannten, er wolle sein Haus weiß tünchen und dann mit Fresken bemalen. Der Bekannte schüttelte den Kopf und meinte: »Ich rate Ihnen: machen Sie's umgekehrt, bemalen Sie erst die Wände und lassen sie dann weiß tünchen!«

Ein Polizist hält das Auto einer Fahrerin an, die bei »Rot« über die Kreuzung fuhr. Am Steuer erkennt er seine ehemalige Lehrerin und erinnert sich an die vielen Strafarbeiten, die sie ihm einst aufgebrummt hatte. Mit freundlichem Lächeln diktiert er ihr die ausnahmsweis milde Strafe: »So, meine Verehrte, bis morgen schreiben Sie 200 Mal sauber und fehlerlos: ‚Ich darf nicht bei Rot über eine Kreuzung fahren' und liefern den Bogen auf der Polizeiwache ab!«

Vor kaum einem halben Jahr hatte der Pfarrer den Maderjörg und sein Mariele getraut, da läutete es noch am späten Abend an der Pfarrhaustür und der Jörg, aufgeregt und ganz außer Atem, meldete ein Töchterchen zur Taufe an. Der Pfarrer schüttelte, nicht eben freundlich, den Kopf und sagte: »Da hats aber arg pressiert!« – »Jo, Herr Pfarrer«, antwortete der Jörg, »drom han e ao 's Fahrrad gnomme!«

Der zehnjährige Wolfgang soll sich für morgen auf den Erdkundeunterricht vorbereiten. »Du, Vatter«, fragt er, »wo liegt eigentlich Afrika?« Der Vater sinnt eine Weile nach und antwortet: »Genau weiß ichs nicht; aber weit weg kanns nicht sein, denn bei uns in der Firma arbeitet ein Neger und der kommt jeden Morgen mit dem Fahrrad.«

Ein Reisender kommt keuchend zum Bahnsteig gelaufen und fragt den Kontrolleur am Durchgang: »Erwisch ich noch den Eilzug nach Tübingen?« – Dees kommt ganz drauf a', Herr, wia schnell Se laufe könnet, – vor drei Minute ischt-r abgfahre!«

In einer finstern Nacht ist der Josef Edel auf dem Heimweg aus der Stadt nach Ochsenhausen. Da sieht er im Straßengraben einen Schatten auf sich zukommen, guckt näher hin und erkennt den Käser Alois aus Biberach. »Ja Alois, was tappst denn do unte rum? Bischt vom Weag abkomme?« fragt der Josef. »Koi' Red it drvo'! Woißt, bei dene viel Auto ond Radfahrer, dia bei dr Naacht unterweags send, gang i am gernste em Stroßegrabe hoim – do verkommt mr koiner!«

Der Hülenbauer nahm auf Martini einen neuen Knecht in den Dienst, den Seppl. Nach der Abendsuppe hieß er ihn zu sich auf die Hausbank sitzen und gab ihm Bescheid, wie's bei ihm der Brauch sei: bei der Arbeit im Stall und auf dem Feld, mit Essen, Trunk und Feierabend. »Woißt, i hans net mit-m viel Schwätze! Wenn i mit-m Kopf wink, hoißt dees: an d' Arbet!« – »Ischt guat, Bauer, wenn ma' enander glei verstoht!« entgegnete der Seppl. »I red ao net gern. Wenn i de Kopf schüttle, hoißt dees: i mag net!«

Der Andres war schon vier Jahre Knecht beim Steffebauern und hatte es, wie er bislang meinte, nicht schlecht. Im Wirtshaus hatte er aber von andern Knechten erfahren, daß sein Lohn weit unter dem ihren lag. Drum kündigte er dem Bauern vor Martini den Dienst auf. »Aber Andres, was kommt denn di uf oimol a'? Worom? Mo fehlts? – »Ha ... ha ...« – »Raus mit dr Farb! Gfällt dirs nemme bei mir?« – »I hao vo' andere ghaört ...« – »Aha? vo' andere. Du moinst wo anders seis besser?« – »Jo.« – »Andres, überleg dr's! Narr, wen ma gnau guckt, ischt überal ebbes.« – »Sell schao, mag sei' ... aber bei Uich isch glei garnix!«

Der alte Totengräber-Schorsch ist mit dem Ausheben eines Grabes beschäftigt. Der Brühljockel, den er seit Bubenzeiten spitz hat, guckt ihm von oben eine Weile zu und sagt mit einem anzüglichen Grinsen zu ihm hinunter: »Du kriagscht scheints überhaupt nia gnuag! I will bloß seah, wieviel du no na'tuescht!« Der Jakob lächelt bissig zu ihm hinauf und sagt: »Wenn e *di* dronte hao, noh haör e auf!«

Zum Denzler-Alois kam eines Tages ein Vertreter von der Feuer- und Hagelversicherung, um ihn zum Abschluß einer vor allem für Bauern sehr vorteilhaften Sicherung von Hab und Gut zu bewegen. »Brauch i it!« sagte der Hannes. »I bin in dr Fuierversicherong und dees langt.« – »Als Bauer wäre ich nicht so vorschnell. Mit einer Hagelversicherung schützen Sie sich vorsorglich gegen unvorhergesehenen eventuellen großen Schaden. Beide Versicherungen sind doch *ein* Ding.« – »O noi, Herr Agent, sell ischt grad *it* oinerloi, sondern ganz zwoierloi, – brenne ka's emol, aber hagle ka' ma' it lao!«

Zur Zeit der Hohenstaufer herrschte ein lebhafter Verkehr zwischen dem Schwabenland und Italien. Damals kam auch einmal ein Schwabe, nicht des Papstes und der Frömmigkeit, sondern des Weines wegen nach Rom und kehrte in einer Osteria ein. Er verlangte »vom Besten« und bekam auch wirklich einen Tropfen vorgesetzt, wie er bislang noch keinen verschmeckt hatte. Er fragte den Wirt, wie dieser Wein heiße und der spitzte den Mund und erklärte: »Ooh! Multi bono, Signore! Ist ‚Lacrimae Christi'.« Als der Schwabe ihn mit einem Achselzucken fragend ansah, deutete der Wirt mit Gesten und weinerlichem Gesicht das Rieseln von

Tränen an. »Aha! i verstand, Tränen Christi!« Andächtig schlug er die Augen zum Himmel auf und betete inbrünstig: »Ach, liaber Heiland, heul doch ao emol a bißle em Schwobaland!«

Der Schäferstoffel und sein Junger ließen sich mit einer Herde Schafe auf einer alten Bodenseefähre übersetzen. Mit einemal verfinsterte sich der Himmel und ein Sturm brach los, der die Fähre gehörig ins Schwanken brachte. Da fing der Schäfer an zu beten: »Liaber Gott, wenn du ons gsond ans ander Ufer komme lohscht, opfere i dir a Dutzed fette Hämmel!« – »A Dutzed Hämmel?! Dees ischt doch a bißle viel, Vatter; denk ao!« – »Sei still, Josef«, beruhigte ihn der Alte: »'s ischt jo bloß, bis mr überm See drüba send!«

Im »Engel«, einem Dorfwirtshaus im Filstal, saßen als letzte Gäste ein einheimischer alter Bauer und ein fremder Herr aus der Stadt. Sie hatten sich im Gespräch mit den andern, die schon gegangen waren, über alles mögliche unterhalten; je weiter aber der Zeiger auf der Wanduhr vorrückte, je schweigsamer war der Bauersmann geworden. Jetzt saßen sie beide beim letzten Schoppen und hatten ihre Zeche auch schon bezahlt, und es ging auf 12 Uhr. Die Wirtin war inzwischen auf der Ofenbank beim Stricken eingeschlafen. Endlich erhob sich der Fremde und ging zum Kleiderrechen in der Stubenecke. Der Bauer verfolgte ihn mit aufmerksamem Blick, bis er den Hut aufgesetzt hatte, atmete hörbar auf und sagte: »Gott sei Dank, daß Sia endlich ganget!« – »Aber, guter Mann, sagen Sie mir bloß, mit was ich Sie gekränkt habe, daß Sie mich auf so unhöfliche Weise verabschieden!« erwiderte der Herr. »A wa!« antwortete der Alte lachend, »i ben Ehne doch et bös, ganz em Gegetoil! Wisset Se, worom i froh ben, daß Se endlich ganget?: I wär schao e Stond lang nemme do, aber i hao et gaoh könne . . . weage onsre gottsgleiche Hüat an sellem Reche. I hao et gwißt weler mir ghaört. En-n falsche Verdacht, falls e de falsche Huat gnomme hätt, hao-n-e et komme wölle – ond drom ben e halt hocke bliebe, bis Sia de Ihre uf-m Kopf ghet hänt. Jetzet, sehet Se, hänt Sia Ihren Huat ond dr andre ischt gwiiß dr meinig. Nix für o'guat, Herr! Guat Nacht ond schlofet Se guat!«

Von de Weibsleut ond de Mannsleut

»Wie ich bemerk, Paula, hast du seit neustem wieder einen Freund«, sagt die Mutter. »Hoffentlich klappt's einmal!« – »Ja, Mutter, denk dir: obwohl er mich doch kaum kennt, will er mich heiraten!« – »Dann sag nur so bald wie möglich ‚ja', bevor er dich richtig kennt!«

Zu einem alten Schäfer kam ein weitläufiger Vetter, um sich bei ihm Rat zu holen. Er habe im Sinn zu heiraten. »Soso, heirote witt du. Was für oine witt denn nemme?« – »A saubere Jongfer halt.« – »Aha! A Jongfer ... A Jongfer ischt wia süaßer Wei': ma' woiß net, was draus wird, eh-r vergärt hot.« – »Wia wärs no mit-re jonge Witwe?« – »Dui hot scho ihren Gwalt, noh muaßt du tua, was sui will.« – »Noh versuach-e eabe a Reiche z'findet.« – »Bsenn de: dui macht d'Habsucht kalt ond dr Neid mager.« – »Ond was moinst zu oiner, dia a guats Gmüat hot ond viel Kender will?« – »Viel Kender brenget en Wage voll Sorge.« – »Noh nemm-e halt oine, dui koine Kender will.« – »Was nutzt a Boom, der nia ebbes trait?« – »Also tuar-e scheints am beste, wenn i 's Heirote bleibe laß.« – »Ja, was ka' ma' sage? Vielleicht isch guat ... Obs aber am beste ischt, wer will dees zum voaraus sage?«

Der Allgäuer Joseph ist – »zu meim Glück!«, sagt er – bis in seine Dreißigerjahre ledig geblieben. Nachdem er schon etliche Jahr verheiratet war, traf er einen Freund, der auswärts wohnte und zu Besuch in seinem Heimatdorf war. »No, Sepp, wia ischt no 's Verheiretsei'?« fragte er den Freund beim Begegnen. »Ja mei'« antwortete der Joseph, »wia soll e sage: zaerste isch nix ond noh wirds ällweil minder!«

Im Unterland gab ein Wirt einstmals seine einzige Tochter einem reichen, aber einfältigen Bäckerssohn. Als nach der Hochzeitsfeier endlich die Nacht einbrach, ging die Braut in die Schlafkammer, gab sich schüchtern und versteckte sich in Erwartung des Bräutigams. Der kam eine gute Weile hinterher, legte sich ins Bett und ließ die Braut ungesucht. Mit der Zeit wollte der Braut das Warten zu lange werden, darum rief sie: »Kuckuck! Kuckuck! Suche mich!« Der Bräutigam hatte aber mit seinen Freunden dem Wein zu sehr zugesprochen, hörte ihr Rufen nicht und sank in tiefen Schlaf. Noch zwei- und dreimal rief die Braut: »Kuckuck! Kuckuck! Suche mich!« Aber vergebens. Als der Morgen anbrach, kam sie an sein Bett gelaufen, rüttelte ihn wach und sagte: »Du liebloser, böser Tropf! Wenn du nicht hören willst, dann komm ich halt ungesucht gelaufen!«

Das schöne Dorle, des Brunnenbauers Einzige, hatte das Glück, einen Dr. jur. zum Ehemann zu bekommen. Sie war das einfache Bauernleben gewohnt, – zum Sonntag gehörte der Kirchenbesuch und am Samstagabend setzten sich alle nacheinander in den hölzernen Badezuber.
Auf der Hochzeitsreise in die Schweiz nahm das junge Paar in einem Züricher Hotel ein Doppel-

zimmer mit Bad. »Sieh nur, Dorle!« sagte ihr Ehemann; »dieses feudal eingerichtete Badezimmer! Freust du dich auch?« Da schmiegte sich sich das Dorle an ihren Liebsten und sagte betrübt: »Ja, ja Peter; 's ischt bloß schad, daß heut net Samstig ischt!«

Die Walpurga vom Birkenhof will bald heiraten und vorher noch einige Einkäufe in der Stadt machen. In Isny sieht sie in einem Schaufenster gestrickte farbige Bettjäckchen mit durchgezogenen Bändchen an Hals und Ärmeln ausgestellt. Sie läßt sich von der Verkäuferin die Jäckchen zeigen und hört, daß sie das Neueste der Saison seien. Um ihrem Hansjörg zu gefallen, nimmt die Walpurga gleich drei verschiedenfarbige mit. Woher hätte aber das Bauernmädchen wissen sollen, daß man so ein Bettjäckchen *übers* Nachthemd anzieht? Vierzehn Tag nach der Hochzeit legt die Walpurga die Jäckchen wieder auf den Ladentisch und sagt: »I möchts liaber gege ebbes anders omtausche. So oft i in so e Jäckle schlupf, lacht mi mei' Hansjörg aus. I bleib liaber bei dr alte Mode ond bhalt bei dr Naacht 's Hemmad a'!«

In der Straßenbahn sitzt eine Frau mit ihrem kleinen Buben. Als der Schaffner kommt, verlangt sie ein mal Bahnhof. »Für den Bua müaßet Se aber ao zahle, der ist über vier Johr alt!«–»I möcht aber doch bitte, Herr Schaffner!« entgegnet die Mutter aufgebracht. »I ben jo no netemol vier Johr verheiratet!« – »Was goht mi dees a'!« sagt der Schaffner. »Sia sitzet doch do hinna net em Beichtstuhl, – i ben Stroßebahschaffner ond will Fahrgeld!«

Zur Creszenz, dem Stangerlsepp seiner schon etwas überständigen Tochter, steigt nächtlings der Alois ans Kammerfenster. Er schwätzt und schmatzt ihr aber zu laut. »Tue doch leis!« sagt sie; »sonst wachet am End no dr Vatter auf!« – »Sell tuat-r it, er wacht scho«, sagt der Alois, »er hält mir doch d' Loater!«

Der Kräutlesfranz, achtzig ist er, hat einen Rucksack voll Blutwurzeln und Johanniskraut einem Apothekerkunden in die Stadt gebracht, fünf Kilometer zu Fuß von Aulingen herein. Im »Storchen« hat er gevespert und will jetzt mit dem Omnibus heimfahren, wenn er gleich das »neumodische Zuig nicht verputzen« kann. Da gerade einer der Wagen, an denen Vorder- und Hinterfront gleich aussehen, an der Haltestelle steht, steigt der Alte ein. »En Fahrschei' noch Aulainge!« – »Oh, Großvatter«, sagt der Schofför, »do send Se en de falsche Wage grote; mir fahret en d' Stadt nei'!« – »Beim Deifel ao!« schimpft der Alte, »dia Saukärre, dia nuimodische, wo ma' nemme woiß was vorne ond hente ischt!«

Ein paar Tage – so schrieb sie – wollte die Schwiegermutter bei ihrer Tochter und dem kühl-schweigsamen Ehemann zu Besuch bleiben. Jetzt gings in die dritte Woche, daß der Christian die Last im Haus hatte und es kostete ihn Mühe, sich seinen Ärger nicht anmerken zu lassen. Endlich dachte die Schwiegermutter ans Abreisen. »Hoffentlich wach ich morgenfrüh rechtzeitig auf; nicht daß ich den Zug versäum«, sagte sie. »Brauchst koi' Angst han«, beruhigte sie der Christian, »i bleib heut nacht auf, daß du gwiiß net verschlofst!«

Die alten Leutchen vom Land waren von jeher von Mißtrauen und Furcht vor den neuen technischen Errungenschaften erfüllt. Als die erste Elektrische durch Stuttgarts Königstraße fuhr, fragte eine Bauersfrau, die auf die andre Straßenseite wollte, den Verkehrsschutzmann: »Wenn mr über d' Stroß will ond zuefällig mit eim Fueß auf d' Schiene tritt, kriegt mr do kein elektrische Schlag?« – »O noi, Fraule, do brauchet Se koi Angst han«, sagte der Schutzmann, »solang Se net mit-m andre Fueß obe an d' Dräht na'kommet, isch koi Gfohr!«

Der Christoph, ein seelenguter und sauberer Bursche, hatte, obwohl er sonst nicht viel mitbrachte, mit Glück eine reiche Müllerstochter geheiratet. Sie machte ihm aber bald das Leben sauer, schrieb ihm alles kommandiererisch vor, was er zu tun hatte und gestattete ihm gnädigst, unter Einhalten einer bestimmten Zeit, zum wöchentlichen Stammtisch zu gehen. Einmal nahm der Christoph sie mit, und da ihr das Komplimentemachen anscheinend gefiel, blieben sie weit über Mitternacht hinaus sitzen. Am nächsten Stammtischabend aber wurde ihm empfohlen, sich nicht mehr einfallen zu lassen, sein Weib an den Stammtisch mitzubringen. »Send doch gscheit, Manne ond begreifet: I ben 's letztmol net ohne Grond so lang bei uich bliebe, wenn se mi wieder emol schempft, wenn e nachts spät hoimkomm, no ka' i sage: Anna, i ben bloß so lang bliebe wia sellmols, wo *du* drbei gwea bischt!«

Der Kächelemax, Maurer seines Handwerks, ist im ganzen genommen kein übler Kerl; er hält bloß ein bißchen zu viel von sich und heißt andere gern und schnell dumm, »Sempel« sogar, und zu denen zählte auch seine Anna. Nach der Wanderschaft hat er sie, samt Kind, aus dem Badischen mitgebracht. Sie ist brav und gutmütig und so hell, daß sie – meistens wenigstens – zugibt, daß *er*, der

Max, der Allergescheiteste ist. »Anna, Köpfchen muaß ma' hao!« sagt er, »Köpfchen! Du därfst bloß an onsre schwäbische Geistesgrößene denke. Mit dene nemmts koi' anders Ländle auf, ao 's badische net! I erinnere de bloß an Schiller, Uhland, Hauff, unsre drei größte Dichter; – ond 's Auto ond da Zeppelin hä-mr ao erfonde!« – »I weiß, i weiß guet Max, und drum frag i: warum bist eigentlich *du* nix worde?«

Der Scheufele-Adolf wankt nachts um eins in gehobener Stimmung die Marktstraße entlang und singt, nicht gerade schön, aber laut: »Gugug, gugug rufts aus dem Wald...« Der patroullierende Schutzmann stellt ihn: »He, Vetter! Wenn ma' en dr Naacht hoimgoht sengt ma' nemme!« – »Wer sait denn, daß i hoimgang?! I gang no en de ‚Bäre' zo meim beste Freund ... wisset Se: zom Stettener Brotwasser. Do schlotz i no a paar Viertele ... noh ischt d'Naacht nemme so lang. Wisset Se, i will nix als kuurze Nächt ... Zo meire Alte ka'ne et früah gnuag z'spät komme!«

Der Wirt kommt zu einer Stammtischrunde und meldet: »Herr Maier, Ihre Frau bittet Sie ans Telefon!« – »Was – se bittet? Noh muaß a anderer Maier gmoint sei', – de Meinig befiehlt!«

Frau Hieber trifft nach längerer Zeit eine alte Bekannte, die Frau Nädele, wieder. »Ja wie geht's immer? Und wie steht's im besondern mit dem Herrn Gemahl?« – »Net bsonders, Frau Hieber. Leider net bsonders!« erwidert Frau Nädele. »Mit dem Aberglaube von meim Adolf wird's immer schlimmer; er ruiniert no mit seim Abergläubischsei' unser Lebensglück! Denket Se bloß: letzts Weihnachte hat er de 13. Monatsgehalt seim Chef wieder zrückgebe!«

»I sieh Ihren Ma' scho so lang nemme, Frau Eisele. Sonscht ischt r mir jede Tag beim Ei'kaufe begegnet.« – »Krank ischt r gwea, wochelang krank, Frau Bächle.« – »Was Sia net saget! So schwer krank?« – »Jo, dr Dokter hot nix meh om-n geabe!« – »O dear guate arme Ma'! Ond wia goht's-m jetzt?« – »Besser, Frau Bächle. Gott sei Lob ond Dank, viel besser – er schimpft wieder.«

Der Mader-Karl – er liegt schon lang unterm Boden und der Durst plagt ihn nicht mehr – kam einmal spät in der Nacht mit einem ordentlichen Rausch heim. Seine Berta lag bis zum Hals zugedeckt im Bett und schlief – oder auch nicht. Auf jeden Fall gab sie keine Antwort, als ihr Karl unter der Kammertür »Guate Obed Berta!« wünschte. Er gab aber nicht nach und rief sie, jetzt aber weniger liebevoll, noch einigemal an: »Berta! . . . Ber . . ta!!« Doch die rührte sich nicht. »Wart no, Luader!« brummte er; »i woiß guat, was du denkst! – aber dees sag dr: du sollest mr's *jo* denke!«

Die Käther hatte wieder einmal zum Salatanmachen keinen Essig im Haus. Sie schickte ihr Mädle mit einer Kaffeetasse zur Nachbarin und ließ fragen, ob sie ihr geschwind aushelfen könne. Nach einer Weile kam das Mädle mit dem Bescheid zurück: »En schöne Gruaß von dr Nochbere ond se häb grad selber koin Essig em Haus.« – »Herrgott aber ao!« schimpfte die Käther, »dia do hübe müaßet a Hauswease beienander hao! So oft ma' ebbes vertlaehne will, hänt se's et!«

In den hungrigen Zeiten des ersten Weltkriegs hatte der Lutzenbauer seinen einstigen Feriengästen, der Familie des Amtsrats Nägele, immer wieder mit einem Pfund Butter oder einem Stück Rauchfleisch aus der Not geholfen. Eines Tages fuhr er mit zwei Zentner Kartoffeln vors Haus, und die Frau Amtsrat lud ihn freundlich zu einem Gläsle Wein ein. Bewundernd betrachtete der Bauer das an der Wand hängende Ölbild eines schönen jungen Mädchens. »Das bin ich, Herr Lutz, als es noch: schön ist die Jugend hieß. Doch *die* Zeit ist leider längst vorbei.« – »Aber Frau Amtsrat, saget Se dees net!« entgegnete der Lutzenbauer, »was emol a schöner Hafe gwea ischt, sieht ma' ao no am Scherbe.«

Die Babett, des Schmiedjakobs Weib, kommt alle paar Wochen zum Pfarrer gelaufen und jammert und klagt ihm vor, wie schlimm ihr Alter sie behandle; kein Tag vergehe, an dem sie nicht Schläg bekomme. »Herr Pfarrer, helfet Se mr us meiner Not!« fleht sie. Kopfschüttelnd hört der Pfarrer ihr Gejammer an und sagt: »Gute Frau, wie oft habt Ihr mir das schon erzählt! Ich versteh bloß nicht, daß trotz alldem jedes Jahr bei Euch ein Kleines kommt.« »Oh, Herr Pfarrer«, entgegnet drauf die Babett; »was tuat ma' net älles en dr Wuat!«

Das Reutteragnesle, des dürren, zweistockigen Orgeltreters Weib, war neben ihrem Christian ein armseliges bißchen Leut; aber sie war zäh wie eine Katze und scharfzüngig dazu. Ihr Lebtag noch nie hatte ihr was gefehlt; als sie aber ins Siebzigste kam, warf es sie doch einmal hin. So sehr sie sich auch dagegen sträubte, eines Tages holte die Tochter doch den Doktor ins Haus. Der stand am Fußende des Bettes und sah das Agnesle mit ernst prüfendem Blick an. »Liebs Fraule«, sagte er, »Sie gfallet mir fei' gar net!« »Dees ischt mir gleich!« entgegnete sie ihm; »ond Sia, daß Se's glei wisset, send ao et grad dr Schönst!«

Bei einem Ball in vornehmem Hause treffen sich nach Jahren zufällig ein Herr und eine Dame wieder. Beim Tanz sagt sie leise an seinem Ohr: »Erinnern Sie sich, Anton? Zehn Jahre sind es jetzt her, daß Sie bei einer ähnlichen Gelegenheit um meine Hand anhielten und ich Ihnen einen Korb gab.« – »Aber natürlich tu ich's – das gehört zu meinen schönsten Erinnerungen.«

Ein altes Bauernweible aus einem Weiler, eine Wegstunde abseits von der Bahnstation, wollte

eine Base in der Stadt besuchen. Daß es einen Fahrplan gab, wußte sie nicht; sie machte sich halt in der Früh auf den Weg zum Bahnhof und verlangte am Schalter: »A Fahrkart en d' Stadt.« – »O Fraule«, sagte der Beamte, »do send Se a Viertelstond z'spät dra', dr Zug ischt schao naus.« – »O je! Ond wann goht dr nächste?« – »Z'Mittag zeah Minute noch Zwölfe.« – »Ond vorhear goht koiner?« – »Noi; bei ons goht nia a Zug vor-m nächste.«

In früheren Zeiten holte man aus Sparsamkeitsgründen auch zu Kränzen und Beileidssträußen die Blumen aus dem eigenen Garten und nicht beim Gärtner. Nun stand vor einiger Zeit eine alte Landfrau vor dem Auslagefenster eines Blumenladens, bewunderte die bunte Pracht und brachte auch ihre Freude der Gärtnersfrau gegenüber zum Ausdruck: »Jaja«, antwortete die verdrießlich, »wia vielerlei schöne Blume hättet mir auf d' Gräber – aber koiner stirbt!«

Die Margret, eine gutmütige, stille, gläubig katholische Frau war schon an die zwanzig Jahre verheiratet mit einem unguten Mann. Sie ertrug und schwieg. Ein einziges Mal mußte sie aber ihrem Herzen Luft machen. Sie klagte ihrer Freundin, ihr Mann plage sie Tag für Tag und oft bekomme sie sogar Schläge. Besonders, wenn er betrunken aus dem Wirtshaus komme. »Host denn ao scho drum betet, daß er sich bessere soll?« – »O jo, scho oft. Es vergoht koi' Tag, daß i net de Heiland bitt, er soll ehn anders mache, – aber 's hot nix gholfe.« – »Ja dees glaub i wohl!« belehrte sie die Freundin. »Du host di ebe net an de recht Stell gwendet: zur Maria muaßt du bete, dia Mannsbilder helfet doch älle enander!«

Zu was viel schwätze, wenns wenig ao tuat? sagt sich der Schwabe. Ehe es die verdammten Automaten gab, ging nach der Haltestelle am alten Postplatz, Linie 8 Botnang, der Schaffner durch den Straßenbahnwagen und fragte: »Hat schon alles?« oder: »Ei'gstiege?« Dabei guckte er eine wohlbeleibte Marktfrau fragend an. »Sia moinet scheints mi?« sagte die robuste Botnangerin. »Ja glaubet Sia vielleicht, i sei en deam Wage uf d' Welt komme?!« – »Noi!« gab ihr der Schaffner retour, »so alte Kärre hent mir gar net!«

Die alte Kreuzhofbäuerin wurde bettlägerig. Ihr Lebtag war sie nie krank und jetzt taugte sie auf einmal zu keiner Arbeit mehr und hinderte zu ihrem Leidwesen die andern am Schaffen. Mitten in der Ernte nahm sie dem Bauern die Magd weg, die auf dem Feld viel nötiger war als bei ihr am Bett, aus dem sie doch nicht mehr aufkam. »Ganget an uier Arbet . . . länt me liege . . . 's hot älle Hilf koin Wert maeh . . . I spürs, daß mit mir z' End goht.« Da kamen sie alle ans Bett der Bäuerin, die Magd, der Knecht und der Bub und nahmen Abschied von ihr. Unter der Kammertür wandte sich der Bauer noch einmal um und sagte: »En Gotts Name, Kreszenz, noh komm halt voll guat nüber!«

In einer freien Reichstadt im Oberland gab es einst eine besondere Art der Begnadigung für die zum Galgen Verurteilten: sie konnten von alten heiratswilligen Jungfern erlöst werden. An einem Gerichtstag standen nun einmal drei Galgenanwärter ebensovielen Jungfern gegenüber. Zwei Pärchen hatten sich schnell gefunden, nur eines stand noch vor der erlösenden Entscheidung. Der Vogt fragte die Jungfer, ob sie bereit sei, den armen Sünder zur Ehe zu nehmen, und sie sagte: »Ja.« Mit der gleichen Frage wandte er sich an den Delinquenten: »Ist Er willens, die Jungfer zur

Ehefrau zu nehmen?« Der sah die Erlösungsbereite mit merklichem Grausen an, drehte den Kopf zum Galgen hinüber und sagte: »Nix wia nuf!«

Der Dingler-Mathes war keiner von den Redseligen. Bei Bauern ist's ja die Regel, aber dem Mathes sein Schwätzen war doch gar zu knapp. An einem Sonntagmorgen um die Achte ging er aus dem Haus ohne Bhütgott und wonaus und wohin. Um Zwölf kam er heim, hängte den Sonntagskittel an den Nagel, setzte sich an den gedeckten Tisch und aß drauflos. Er sagte kein Wort, und zuletzt hielt's die Bäuerin nicht mehr länger aus und fragte: »Wo bischt gwea?« – »Dussa.« – »Hoscht guckt, ob ma' de Woize schneide ka'?« – »Noi.« – »Noh bischt gwiiß en ‚Adler' nei'« – »Sell ao.« – »Ao? Ond wo sonst no?« – »En dr Kirch.« – »Hot dr Pfarrer a schöne Predig tao?« – »'s goht a'«. – »Von was hot er's gheet?« – »Vo' dr Sünd.« – »Soo? ond was moint-r drzua?« – »Er ischt et drfür.« . . . sagte der Mathes, holte den Mostkrug aus dem Wandkästle und ging einen Trunk holen.

Von de jonge Mädla ond Buaba

In einer Dorfschule im badischen Schwarzwald ist Schulvisitation. Der Herr Schulrat prüft das Wissen der Sechskläßler in Erdkunde. Die Antworten fallen nicht zu seiner Zufriedenheit aus, wenn er über ganz Deutschland oder gar über seine Nachbarländer etwas erfahren will. »Aber über euer Heimatland werdet ihr gewiß Bescheid wissen«, sagt er. »Wie heißt denn die Hauptstadt Badens, Alfred?« Der Bub sinnt angestrengt vor sich hin. »Ich will dir ein bißchen helfen«, muntert ihn der Schulrat auf: Der erste Teil des Wortes ist ein Knabenname, den zweiten Teil . . . na, den brauchst du bei Nacht«. Da gehts wie eine Erleuchtung über das Gesicht des Buben: »Friedrichshafen! Herr Schulrat.«

In einem Dorf auf der Münsinger Alb war Schulvisitation. Um die Lesefestigkeit der Fünftkläßler zu prüfen, wählte der Schulinspektor ein Stück aus dem Lesebuch. Darin hieß es an einer Stelle: »Der Mann machte ein albernes Gesicht«. »Wer kann mir sagen, was dieser Ausdruck bedeutet?« fragte der Schulrat. Ein blondschopfiger Kerl in der hintersten Bank streckte. »Recht, nur Mut, ihr Buben! Wie heißt du denn?« – »Anton, Herr Schulrat.« – »Also, Anton, was meinst du?« – »Er macht a Gsiicht wia d' Leut uf dr Alb.«

Im Religionsunterricht bei den Zweitkläßlern fragt der Lehrer: »Und wo liegt denn in unserem Leib die Seele?« – »Im Hintere«, gibt ein Bub zur Antwort. »Aber Josef, wie kommst du denn *darauf?«* – »Im Winter stoht mei' Großmutter emmer mit-m Hintere gege de Ofa und sait: Mi frierts bis en d' Seel nei'.«

Die zwei Murgtäler Gemeinden Mitteltal und Obertal waren, obwohl sie zusammengehörten, nicht im besten Einvernehmen, wie es unter den eigensinnigen Schwarzwäldern häufig der Fall war. Nachbarhändel waren an der Tagesordnung. Einmal hielt der Dekan Zeller von Freudenstadt in Obertal Schulprüfung ab. Als er auf den Leidensweg Jesu zu sprechen kam, fragte er: »Wer waren denn die beiden Schächer, die mit ihm zusammen gekreuzigt wurden?« – »Zwei Mitteltäler!« bekam er zur Antwort.

Josefle darf mit seiner Mutter in die Stadt und ins Café. Am Nebentisch sitzt ein älterer Herr mit einer Glatze. Der Bub guckt ihn eine zeitlang verwundert an und sagt drauf zu seiner Mutter: »Gelt, Mama, der Herr dort, der mausert sich, wia onser Hansel drhoim en seim Käfig?«

Das Hannele, obwohl schon in der dritten Klasse, pflegte noch immer zum Lehrer »du« zu sagen. Um ihr die ordentliche Anrede am wirksamsten beizubringen, gab er ihr als Hausaufgabe, eine Schiefertafel voll zu schreiben mit dem Satz: »Zum Herrn Lehrer soll ich ‚Sie' sagen.« Daheim setzte

sich das Hannele hin und schrieb eifrig beide Tafelseiten voll. Am andern Morgen zeigte sie dem Lehrer ihre Arbeit, und der sagte, als er die fehlerlos geschriebene erste Seite gelesen hatte: »So ists recht, Hannele!« – »Umdreah!« forderte sie ihn strahlend auf, »gelt do glotzscht!«

Die Lehrerin geht morgens kontrollierend durch die Bankreihen. »Hansel, du hast dich heute nicht gewaschen!« sagt sie. »Doch, i han, Fräulein Eberle. Ganz gwiiß!« Die Lehrerin träufelt ein paar

Tropfen Kölnisch Wasser auf ein Papiertaschentuch und wischt über seinen Hals. »Sooo?« sagt sie und zeigt ihm das dreckige Tuch. »Joo«, entgegnet der Hansel, »dees glaub i, wenn Sie mi chemisch reiniget!«

»Jetzt bist du schon ein großer Bub, Rudi und darfst in ein paar Monaten zur Schule! Freust du dich drauf?« fragt die Mutter. Er sieht sie mit einem kurzen, finstern Blick an und erwidert: »Noi! I könnt se grad a'brenne!«

Zwei Buben stehen an einer Litfaßsäule vor einem Konzertplakat auf dem als Gast eine berühmte Sängerin abgebildet ist, mit dem Hinweis »Alt«. Da sagt der eine: »Dees hättet se et extra drunterschreibe brauche; ma' siehts doch schao uf-m Bild, daß se alt ischt!«

Der Lehrer fragt im Religionsunterricht die in der letzten Stunde behandelte Geschichte von David und Goliath ab. Den Adalbert muß er mehrmals wegen Unaufmerksamkeit tadeln und fragt ihn

deshalb: »Was sagte David, als er den Riesen Goliath herankommen sah?« Er erhielt aber keine Antwort. »Siehst du, so gehts, wenn man nicht aufpaßt!« sagt der Lehrer und geht zum Schrank, um das Meerrohr zu holen. Währenddessen sagt einer aus der vorderen Bank dem in Ängsten schwebenden Kameraden die Antwort ein, und als der Lehrer, den Stock in der Rechten, sich umdreht, ruft der Adalbert ihm entgegen: »Bin ich ein Hund, daß du mit einem Stecken zu mir kommst?!«

Nachdem ihr Bäschen Brigitte vor kurzem ein kleines Schwesterchen bekommen hat, möchte Monika auch eins haben. Vorsorglich fragt sie aber: »Mama, mußt du noh ao so lang ens Krankahaus wia d' Tante Gerda?« – »Ja, i glaub scho«, sagt die Mutter. »O Mama«, bittet die Monika, »noh kaufscht mir liaber a Hundle!«

Der Vater erzählt abends vor dem Zubettgehen seinem Töchterchen Susanne das Märchen vom Dornröschen. An der Stelle, wo der Prinz zu dem schlafenden Dornröschen tritt und es mit einem Kuß weckt, fragt er die Suse: »Und was hat der Prinz dann dem Dornröschen gegeben?« Suse besinnt sich lange und ernsthaft und sagt mit strahlenden Augen: »En Kaugummi!«

Der vierjährige Peter ist mit der Mutter zu Besuch bei Tante Heide. Während sich die Schwestern und der Onkel unterhalten, sieht er die Tante mit großen Augen an und sagt: »Tante, du mußt doch ein grünes Kleid anziehen und kein rotes.« – »Ja warum denn, Peter?« – »Wir haben im Kindergarten ein Lied gelernt und in dem heißts: Grün ist die Heide.«

Zwei kleine Buben balgen sich auf dem Spielplatz. Als der eine gegen den andern nicht aufkommt, droht er ihm: »Wenn de jetzt net aufhörscht, gang e hoim ond hol mei' Schwester, noh wirst gucke, – dui kratzt ond beißt!«

An einem schönen Wintertag geht die Mutter mit ihrem dreijährigen Uli im Wald spazieren. Auf einem Baum sitzt ein Rabe und krächzt mit heiserer Stimme. Da sagt Uli mitleidig: »Du armer Vogel, host an Huaste? Wart a Weile, i gang schnell hoim ond hol dir mein Huastesaft!«

Die kleine Lili darf mit den Eltern zum erstenmal aus der Großstadt in Ferien auf dem Lande. Am Abend sieht sie die Bäuerin auf der Bank vor dem Haus ein Huhn rupfen. Erstaunt schaut sie zu und fragt: »Tante, ziehst du jeden Abend die Hühner aus, bevor sie schlafen gehn?«

Die drei Jahre alte Liese fragt die Mutter, was es heut zum Mittagessen gebe. »Was ganz Guats: Kartoffelpuffer!« Die Liese drauf: »I mag koin Auspuff!«

Die kleine Eva darf mit der Mutter einen Stadtbummel machen. Sie läuft in ihrer Freude ein Stück voraus und kommt an einer einmündenden Seitenstraße beinahe unter ein Auto. Nun geht sie brav und Hand in Hand mit der Mutter weiter. »Mama«, sagt sie nach einer Weile, »gelt, deesmol hot mei' Schutzengel aber Glück ghet!«

In der katholischen Kirche in Baienfurt war in der Adventszeit seitlich vom Altar eine schöne Krippe aufgebaut. Da lief am Sonntag während der Andacht ein kleines Mädchen aus einer hinteren Bank nach vorn und fing vor der Krippe laut an zu singen: »Fuchs, du hast die Gans gestohlen«. Die in die Seele hinein erschrockene Mutter holte das Kind zurück und fragte es: »Aber Liese, was fällt denn dir in der Kirche ein?« – »Ha, Mama«, gab das Mädchen treuherzig zur Antwort, »i han doch dem Christkindle a Freud mache wolle.«

Bei seinem Freund im Nachbarhaus ist ein Kind zur Welt gekommen und Achim darf mit ihm den kleinen Erdenbürger in seiner Wiege eine Weile betrachten. Zuhause fragt ihn die Mutter: »Ist es ein Bub oder ein Mädchen?« Er denkt einen Augenblick nach und meint: »Ma' woiß no net recht, was werde will.«

Die fünfjährige Margret darf mit der Mutter einen Besuch in Tripstrill machen. Die Mutter erklärt ihr, warum man diese Windmühle die Altweibermühle heißt. »Also, Mutti, wenn ich alt bin, dann fahre ich in die Altweibermühle, rutsche herunter und bin wieder ein kleines Mädchen!« Eine Weile steht sie versonnen da, sieht die Mutter an und fragt: »Warum fährst denn *du* nicht herunter?«

Ein fünfjähriger Bub durfte mit dem Vater in den »Adler« zum Stiftungsfest des Gesangvereins. Ein Lied nach dem andern kam zum Vortrag und am Schluß spielte auch die Blasmusik. Am andern Tag fragte die Großmutter den Enkel, wie's denn auf dem Fest gewesen sei, »Ha, schö'«, antwortete der Bub, »se hänt fest gsonge ond ao hinte naus blose.«

Die Mutter ist einen Mittag lang nicht zu Haus und Oma hütet den vierjährigen Roland. Weil er unartig ist und auf kein warnendes Wort hört, schimpft ihn die Oma tüchtig aus. Sie weiß, daß der Vater streng mit ihm ist und ihm, wo's not tut, auch ein paar auf den Hintern gibt. »Wart nur, ich erzähls deinem Vater, wenn er heimkommt!« droht ihm die Oma. Da gibt ihr der kleine Roland zur Antwort: »Hättest du mein Pappa besser zoge, noh tät er mi net ällweil schlage!«

Zur Adventszeit brachte die Lehrerin in die Religionsstunde einige Bilder alter Meister mit, auf denen Maria, Josef und das Jesuskind dargestellt waren, – Maria als junge schöne Frau und Vater Josef als älterer, bärtiger Mann. Eines der elfjährigen Mädchen fragte: »Wia ischt denn dees möglich, Fräulein Lehrerin, daß der alte Ma' no a Kind kriagt?« Während die Lehrerin noch nach einer Antwort auf die schwierige Frage suchte, bekam die Fragerin von einer andern Schülerin Bescheid: »Du bischt blöd, – dees Kind hot doch d' Maria kriagt ond et dr Josef.« Die Lehrerin atmete erleichtert auf, als die Fragerin mit kindlichem Ernst sagte: »Gelt, Fräulein, dees ischt eabe a Wunder.«

Der sechsjährige Jürgen ist in der letzten Zeit besonders böse und unfolgsam. Deshalb erklärt ihm der Vater, wenn er sich nicht bessere, habe er ihn nicht mehr lieb. Das stimmt den Buben sehr traurig, und um alles wieder gut zu machen, sagt die Mutter vor dem Insbettgehen zu ihm: »Jürgen, jetzt gehst ganz lieb zum Vater und sagst ihm Gute Nacht! und versprichst ihm, daß du von morgen an wieder recht brav sein willst.« – »O Mama«, antwortete er, »ja moinst du, der glaub dui Schwachheit?«

Das bald vier Jahre alte Ottole ist zum Kummer seiner Mutter noch nicht ganz sauber. Ab und zu kommts vor, daß sein Bett morgens naß ist. Beschämt und mit schlechtem Gewissen sitzt er mit der Mutter und dem zwei Jahre älteren Helmut beim Frühstück. Die Mutter hält ihm vor: »Jetzt bist du schon so groß und immer wieder hast ein nasses Bett. Du bist kein liebs Büble!« Da tritt der fünfjährige Bruder für ihn ein: »Ottole, komm du nur zu mir in mein Bett, da darfst nei'rolle so viel du möchtst, i schimpf di net.«

»Mama, därf i no a Weile en de Hof ond spiele?« fragt die kleine Elke. »Nein!« sagt die Mutter. »Es ist schon spät und darum läufst du jetzt nicht mehr weg!« – »Ach, laß doch die Kleine noch ein bißchen hinaus«, meint die Großmutter. »Ich sag nein und damit basta! Die muß lernen, der Mutter zu gehorchen!« Die Elke guckt die Mutter vorwurfsvoll an und fragt: »Mama, warum gehorchst *du* deiner Mutter nicht?«

Das vierjährige Mädchen des katholischen Amtmanns und der gleichaltrige Bub des evangelischen Lehrers sind unzertrennliche Spielkameraden. An einem schönen Sommermittag lassen sie im Bach Schifflein schwimmen und fallen hinein. Sie ziehen sich aus und legen die Kleider zum Trocknen in die Sonne. Während sie nackt am Bachrand liegen, beobachtet der Bub erstaunt das so ganz anders geartete Wesen an seiner Seite und sagt: »Sibylle, jetzt weiß ich doch endlich den Unterschied zwischen katholisch und evangelisch!«

Der Onkel August Kämmerle aus Huldstetten ist bei seinem ins Oberland verheirateten Bruder Hermann zu Besuch. Er macht mit dem vierjähri-

gen Töchterchen einen Spaziergang in den Wald. Allmählich wird das Rösle müd und bleibt bei einem Markstein am Wegrand stehen. Auf den Stein hat jemand ein H und ein K geschrieben. »Sitz ein bißchen hin und ruh dich aus!« sagt der Onkel. Und dann erzählt er dem Rösle eine freiweg erfundene Geschichte über das H und das K: Einmal sei eine Frau mit ihrem Mann, der Hermann geheißen habe, auch hier spazieren gegangen. Da sei ein Eichhörnchen über den Weg gesprungen und der Mann sei hinter ihm her tiefer in den Wald hinein. Weil er so lang fortgeblieben sei, habe die Frau H K auf den Markstein geschrieben, und das sollte heißen: »Hermann komm!« Dann sei sie weitergegangen ... »Und jetzt, Rösle, gehen auch wir zwei weiter.«
Einige Zeit später kommt das Rösle am Sonntagmorgen ans Bett der Mutter und entdeckt auf dem Kissen das eingestickte Monogramm HK. »Mutti!« sagt sie voller Freude, »da steht ja auch ‚Hermann komm'!«

Heinerle durfte mit dem Vater verreisen zur Ulmer Dötesbas; eine lange Fahrt mit dem Zug! Es war im Juli, und der Vater mußte gleich das Wagenfenster herablassen. Bald hatte der Zug volle Fahrt. Häuser, Bäume, Telefonmasten sprangen draußen nur so vorbei. »Vatter, guck ao! – Vatter, was ischt dees? – Wia hoißt der Turm auf dem Berg?« So gings in einem fort. Allmählich wurde es dem Heinerle langweilig und der Vater wußte nicht mehr, wie dem Kerle die Zeit vertreiben. »Paß auf!« sagte er. »Jetzt mach ich Hokuspokus! Ich werf den Hut zum Fenster hinaus und wenn ich ‚uist!' pfeif, kommt er wieder herein!« Sieben Mal mußte er uist! pfeifen und jedesmal war der Hut wieder da. Heinerle staunte, was der Vater für ein Zauberer war. Er bemerkte nicht, daß der Vater seinen Hut in der Hand behielt und nur hinter der Wagenwand versteckte. »Nomol, Vatter!« Aber der Vater hatte genug Zauber gemacht und sagte: »Jetzt gehts nicht mehr, er folgt bloß sieben Mal!« Nach einer Weile warf der Heinerle sein nagelneues Jägerhütle zum Fenster hinaus und sagte: »Vatter, pfeif!« Aber das Hütle kam nicht wieder. – So gehts, wenn man kleinen Buben Hokuspokus vormacht.

Der Großvater hat seinen Enkel auf dem Schoß und spielt mit ihm »Hoppe hoppe Reiter«. Schließlich wird 's Gustävle müd und will nicht mehr reiten. Er sieht den Großvater lang und prüfend an und sagt: »Ähne, du hoscht koine Hoor.« – »Jojo, Büable, dees ischt wohr, Hoor han-e koine maeh.«

– »Von was kommt dees, Ähne?« – »Vom Alter, Gustävle, vom Alter.« – »Zäh hoscht ao koine. Von was kommt noh dees?« – »Ao vom Alter, Gustävle.«
Nach ein paar Wochen kommt ein kleines Brüderle auf die Welt und der Großvater und das Büble stehen betrachtend vor der Wiege. Da sagt das Gustävle: »Ähne, er hot koine Hoor . . . ond Zäh hot-r ao koine . . . Woißt was, Ähne? I glaub mir send a'gschmiert worde, mir hänt en Alta kriagt!«

Der Eberhardle, in die dritte Klasse ging er, kam eines Tages in die Schule und strahlte übers ganze Gesicht. »Was freut dich denn so?« fragte ihn sein Lehrer. »Bei ons ischt heut Metzelsupp, Herr Lehrer!« – »Sosoo! Ja, was magst denn von der Metzelsupp am liebste?« – »D' Wüürscht!« – »Und welche Sort magst am allerliebste?« – »Ha . . Ha . . dia mo d Zipfel et so nooh beienander send!«

Die Lehrerin übt mit ihren Zweitkläßlern das Zusammenzählen, und weil's gerade auf Ostern zu geht und um die Sache recht anschaulich und schmackhaft zu machen, hat sie Ostereier mitgebracht – rote, grüne, gelbe und blaue. Sie legt 3 blaue und 2 gelbe auf den Tisch – »Wieviel sind's jetzt?«; dann 3 rote und 1 grünes dazu – »Und wieviel Eierle sind's jetzt?« Alle brachten's richtig heraus, nur der Heiner will nicht begreifen. 2 rote und 1 grünes, 3 gelbe und 1 blaues? Der Heiner schaut verstockt vor sich hin und gibt keine Antwort. »So dumm bist du nicht, daß du nicht 2 und 1 oder 3 und 1 zusammenzählen kannst, Heiner. Und jetzt will ich eine Antwort von dir, hörst du! 2 rote und 2 grüne Eier – wieviel sind's zusammen?« Da verzieht der Heiner den Mund und Tränen rollen ihm über die Backen: »Fräulein Lehrerin, i mag d Oier et!«

Von onsre Dichter ond andre berühmte Köpf

Lange Zeit war der Weinsberger Totengräber Zipperle der Kutscher des Doktors Justinus Kerner. Der Doktor in der Chaise, der Totengräber auf dem Bock, so machten sie ihre Krankenbesuche auf dem Land. Der Zipperle war nicht weniger als sein Herr ein Original. Sein Verdienst war dürftig und hing ganz davon ab, wieviel Gräber es für ihn zu schaufeln gab. Als einmal eine lange Zeit ohne diese Arbeit verging, sagte er zum Doktor: »Ich weiß gar nicht, warum die Leute gegenwärtig alle so geizig sind und nicht sterben wollen.«
Eines Tages war der Dichter Willibald Alexis bei Kerner zu Besuch und mußte noch spät am Abend nach Heilbronn gebracht werden. »Der Zipperle fährt Sie«, sagte Kerner. Als sie in der Nacht am Heilbronner Friedhof vorbeifuhren, wandte sich der Kutscher zu seinem Fahrgast um, wies mit der Peitsche über die Kirchhofmauer hinüber und sagte mit brummiger Stimme: »Die da drinnen liegen alle nicht regelrecht: die gehören alle einen halben Schuh tiefer, – da mach ich's schon besser!« – »Ums Himmels willen, wer sind Sie denn?« fragte angstbebend Herr Alexius. »Sind Sie denn nicht der Kutscher vom Doktor Kerner?« – »Freilich bin ich der. Ich bin aber auch der Totengräber von Weinsberg«, antwortete der Zipperle.

Doch er war außer Kutscher und Totengräber auch noch ein Dichter weltschmerzlicher Grabesmuse. Eines seiner Gedichte ist im Justinus Kerner-Archiv verwahrt:

O schwarzer Gaul, wenn ich und du
Mit unserm Herren fahre',
Dann denk ich an die ewge Ruh
Dort unten in der Bahre.
Dort hört man keinen Peitschenknall,
Es ist ganz still dort unten;
Den Doktor, der die Krankheit heilt,
Hat jeder dort gefunden.

Paul Jauch, der als Meister des Bleistifts weitum bekannte Eninger Künstler, saß an einem schönen Sommermittag auf dem Markwasen bei der Alteburg und zeichnete eine Gruppe der uralten Linden. Ein Spaziergänger trat ohne zu grüßen hinter ihn und sah ihm über die Schulter bei der Arbeit zu. »Sie haben aber einen schönen Zeitvertreib!« sagte er nach einer Weile. Dieses sein mit Hingabe geübtes künstlerisches Schaffen als »Zeitvertreib« bezeichnet zu hören, ging dem sonst leutseligen, freundlichen Mann wie ein Stich ins Herz, und unter bedeutsamer Betonung und Dehnung beider Vokale gab er nur die zwei Worte von sich: »Oooo jaaa!« Sie genügten, um den Herrn Müßiggänger zu veranlassen, schnellstens zu verschwinden.

Der um 1472 in Justingen auf der Alb als Bauernsohn geborene Heinrich Bebel – später Professor der Beredsamkeit und Dichtkunst an der Universität Tübingen und 1501 von Kaiser Maximilian zum lateinischen Dichter gekrönt – erzählt in seinem berühmten Schwankbuch die Geschichte von einem Advokaten, der eines Tages ins Kloster ging und Mönch wurde. Weil er vordem viele Händel und Streitfälle mit großem Geschick gewonnen hatte, wurde er vom Abt mit der Aufgabe betraut, die Rechtsfälle des Klosters durchzufechten. Sonderbarerweise verlor er diese immer. Der Abt fragte ihn drum eines Tages, warum er denn nun allerwegen vor Gericht den kürzeren ziehe. »Herr Abt«, antwortete er, »ich darf als Pater nicht mehr lügen wie ehedem – deshalb verliere ich.«

Der aus Ingstetten stammende Vater Bebel erzählte seinem Sohn Heinrich einen lustigen Schwank, der sich im Dorfe zugetragen.
Einmal saßen im Wirtshaus einige Edelleute beim Mahle; da trat ein Gaukler auf, um die reichen Gäste während des Essens mit seinen Späßen zu unterhalten. Die Herren fanden Gefallen daran und ließen ihm durch den Wirt von den gebratenen Fischen vorsetzen. Der fahrende Geselle nahm wohl in Acht, daß den Herren die großen Fische,

ihm aber die kleinen vorgelegt wurden. Da fing er an, die Fischlein, zwei oder drei an der Zahl, nacheinander vom Teller zu nehmen und sie Auge in Auge vor seinen Mund zu halten. Er tat so, als ob er mit einem jeden rede, hielt ihn darauf ans Ohr, als wollte er hören, was der Fisch ihm antworte. Zuletzt fing er zu weinen an. Da fragte ihn einer der Edelleute, was denn sein absonderliches Tun zu bedeuten habe. »Hochedle Herren!« antwortete der Gaukler. »Mein Vater war einst ein Fischer und ist, Gott hab ihn selig, im Wasser ertrunken. Nun habe ich die Fischlein gefragt, ob sie ihn nirgends gesehen hätten. Nein, sagten sie; sie seien noch zu jung, als daß sie von dieser Sache etwas wissen könnten, – ich solle doch einmal die älteren fragen.« Die Herren verstanden die Schalksrede, lachten herzlich, ließen ihm vom Wirt einen großen Fisch aufs Teller legen und auch noch eine Kanne Wein bringen auf ihre Zeche.

Götz von Berlichingen war auf die geistlichen Fürsten, die den Krummstab und das Schwert zugleich schwangen, nicht gut zu sprechen, besonders auf den Bischof von Bamberg. Mit diesem geriet er auf unerwartete Weise zusammen, als Pfalzgraf Ludwig mit der Schwester Herzog Wilhelms von Bayern Hochzeit hielt. Da stiegen Götz und sein Schwager Martin von Sickingen die Treppe im »Hirsch« hinauf- und wer stand oben?: der Bischof von Bamberg mit dem Grafen Ludwig von Hanau und einigen andern Herrn. Der Bischof bot jedem ankommenden Gast die Hand, auch Götz von Berlichingen. Der baß erstaunte Götz trat zu Graf Ludwig und sagte: »Der Bischof hat mir die Hand geben; er hat mich gewiß nicht gekannt, – er hätt sie mir sonst nit geben.« Da Götz, wie es seine Art war, laut sprach, hörte der Bischof, was Götz eben gesagt hatte. Er trat einen Schritt heran und sagte: »Wahr ists, ich hab Euch nicht gekannt, als ich Euch die Hand bot.« – »Ich hab mir gleich gedacht, Herr Bischof«, entgegnete Götz, »daß Ihr mich nicht kennt, – ich hätt sie sonst nit bekommen – hiemit habt Ihr also Eure Hand wieder!«

Von Sebastian Sailer, dem einstmaligen Kapitular des Klosters Obermarchtal, der ein urwüchsiger Schwabe und witziger Kanzelredner und Dialektdichter war, sind etliche Anekdoten im Volk lebendig geblieben.
Einmal kam ein Dieterskircher Bauer, der sich besonders klug dünkte, nach der Sonntagspredigt zu seinem geistlichen Herrn mit einem Anliegen.

»Ei, Hochwürden«, sagte er, »i hau scho so oft ghaört, Gott häb für jede Ma' a Maß Wei' äll Tag erschaffe. I kriag dean Wei' aber net ond woiß au net, wear en trinkt. Wia ischt nochet dees?« Sailer nahm eine Prise aus seiner birkenen Dose, nickte verstehend und erwiderte: »I hau ebefalls öfters ghört, Gott häb für jede Ma' a Weib erschaffe, – dennoch hau i kois. I will Euch dia Sach ganz kurz erkläre: Ihr hänt nämlich mei' Weib ond i trink Euren Wei'!«

Der Graf von Warthausen lud Sailer oft zu sich ein und nannte ihn nie anders als »Herr Patriarch«. Als einmal die Frauenzimmer während der Tafel ihre Riechfläschchen hervorholten und daran rochen, zog auch Sailer eins aus der Tasche und tat ebenso. Der Graf sah erstaunt auf ihn: »Herr Patriarch! Schämen Sie sich nicht, so weibisch zu tun und ein Riechfläschchen bei sich zu tragen?« Sailer antwortete: »Euer Exzellenz beurteilen mich unrecht; denn in meinem Fläschchen ist nichts Wohlriechendes, sondern pures Weihwasser, und darum nahm ich eins mit mir, damit ich – wenn 's Teufelholen angehen sollte – Euer Exzellenz und mich damit segnen könnte!«

Der alte Schullehrer Wurst aus Sülzbach besuchte ab und zu den guten Doktor Justinus Kerner in Weinsberg. Eines Tages war zu seinem Erstaunen auf dem »Geisterturm« im Garten eine schwarz-rot-goldne Fahne gehißt. »Was soll denn die Fahne auf dem Turmdach bedeuten, Herr Kerner ... und sonderbarer Weise schwarz-rot-gold?« fragte er. »Ja, mein Lieber, das hat seine eigne Bedeutung! Sie wissen doch, ich bin Oberamtsarzt und weit weg von Heilbronn. Hab ich einen Kranken in meinem Bezirk, bei dem ichs angebracht finde, ihn in die Klinik zu überweisen, dann gebe ich den Chirurgen gleichsam ärztlichen Bericht und Weisung, was ich zu tun rate. Stecke ich eine rote Fahne auf, dann heißt das: es herrscht entzündlicher Zustand – ihr müßt zu Ader lassen; stecke ich die gelbe auf, will das besagen: gallige Komplikationen – ihr müßt laxieren und Brechmittel verabreichen; ziehe ich die schwarze Fahne auf, dann heißts: da hilft keine Arznei mehr, schickt nach dem Pfarrer; weht hingegen, wie heute, die schwarz-rot-goldne Fahne, so bedeutet das: ihr könnt tun, was ihr wollt, ihr habt die Freiheit!«

Der Pfarrer von Münchingen, Johann Friedrich Flattich, schon zu Lebzeiten »der schwäbische Salomo« genannt, getraute sich stets deutlich und witzig die Meinung geradeheraus zu sagen; auch seinem Landesherrn, dem Herzog Karl Eugen gegenüber. Der Herzog bewies ihm seine Sympathie dadurch, daß er ihn ab und zu an die Hoftafel in Stuttgart einlud. Entgegen dem damaligen Brauch in den »oberen Ständen«, erschien Flattich eines Abends mit ungepudertem Haar. Der Herzog, auf eine echt flattichsche Antwort gespannt, sprach ihn an: »He! Flattich, warum kommt er ungepudert zu Hof?« – »O Durchlaucht«, erwiderte er, »i bin arm, i brauch mei' Mehl zu de Knöpfle.«

Die Dorfburschen knallten, um ihre Kunst zu zeigen, gern beim Pfarrhaus, weil es da viel lauter dröhnte als anderswo. Durch den Lärm wurde Flattich oftmals gewaltig gestört. Es war aber nicht nach seinem Geschmack, sich deshalb an die Polizei zu wenden. Er versuchte auf seine Weise den Bauernbuben das unnötige Peitschenknallen abzugewöhnen.
Als eines Tages wieder ein junger Bursche vor dem Pfarrhaus seine Peitsche schwang, rief ihm Flattich durchs offene Fenster zu: »Du kannst aber schön knallen, das muß ich schon sagen! Komm in den Hof herein und knalle mir eine Weile vor. Wenn du es so lange tust, bis ich sage, es sei genug,

kriegst du einen Sechsbätzner!« Der Bursche strahlte übers ganze Gesicht. Der sei leicht verdient, dachte er, trat mitten in den Pfarrhaushof und knallte aus Leibeskräften. Er knallte eine halbe, eine ganze Stunde und noch immer hatte der Pfarrer nicht genug gehört. Als dem Burschen die Schweißtropfen allmählich von der Stirne rannen und der Pfarrer immer noch nicht das erlösende »genug!« sprach, ließ der müde Knaller den Arm sinken; die Muskeln versagten ihren Dienst. Da trat Flattich ans Fenster, lächelte freundlich und warf ihm den Sechsbätzner hinunter.

– Geknallt hat der Bursche vor dem Pfarrhaus nicht mehr, den andern Bauernbuben wars eine Lehre und der Pfarrer hatte fortan seine Ruhe.

Der Dichter Josef Victor von Scheffel wurde oft von Autogrammsammlern belästigt. Einmal sandte ihm eine altjüngferliche Dame ihr Poesiealbum und bat ihn um einen Eintrag. Aus Sparsamkeit hatte sie aber unterlassen, das Päckchen frei zu machen. So hatte Scheffel das Vergnügen, außer der Gefälligkeit, die er der Dame erwies, auch noch die strafmäßig erhöhte Postgebühr zu bezahlen. Er nahm's lächelnd auf sich und schrieb in das Album: »Bildung macht frei! Josef Victor von Scheffel.«

Heilbronns größter Sohn, der Arzt Julius Robert Mayer, der sich als Physiker durch die Entdeckung des Gesetzes von der Erhaltung der Energie einen Namen in der ganzen Welt erworben hatte, war auch als leutseliger und witziger Gesellschafter allseits bekannt und beliebt. Er saß gern mit den Heilbronner Weingärtnern oder »Heine« in einer der Weinschenken zusammen, und dabei kamen sie einmal auch auf die Tübinger Kollegen, die

»Goge« zu sprechen. »Von denen kann ich euch, wenn ihr wollt, morgen Abend drei in einer Zündholzschachtel herbeischaffen!« sagte Robert Mayer. – »Jetz will-r ao no zaubere könne, onser Dokter!« meinte drauf ein alter Heine. »Wenn Sia dees fertig brenget, noh zahl i drei Flasche Wei'!« – »Und i zahl 's doppelte Quantum, wenn i mei' Verspreche net halt!« versicherte Mayer.
Am andern Morgen machte der Doktor einen Spaziergang auf den Wartberg, suchte auf dem Wolfsmilchkraut drei große fette Raupen des Wolfsmilchschwärmers und nahm sie nach Hause. Am Abend saßen die Stammtischbrüder schon erwartungsvoll beisammen, als Robert Mayer durch die Tür trat. »Also, Herr Dokter, raus mit dene drei Wengerter! I glaub fast, Se hänt dui Wett verlaore!« – »Net so vorschnell, Freund . . . hier sind sie!« sagte der Doktor, zog das Zündholzschächtele aus der Westentasche und ließ die drei Raupen auf den Tisch kriechen. Das setzte ein dröhnendes Gelächter ab. »Sechs Flasche send fällig, Herr Dokter!« schrie einer; »dees send jo bloß Raupe!« – »Ebe drum«, entgegnete Mayer, »en Tübinge heißt ma' nämlich d' Wingerter ,Raupe', so wie ihr Heilbronner ,Heine' send!« Jetzt war das Lachen an ihm. Die erste Flasche stand schon auf dem Tisch, und sie wurden leer, alle drei und noch ein paar dazu, die der Doktor als lachender Gewinner seiner Wette mit Freuden spendierte.

Das Kurhaus »Palmenwald« in Freudenstadt hatte um die Jahrhundertwende David Huppenbauer als Direktor, einen frommen, doch freisinnigen, mit Geist und Humor begabten Mann. Im Speisesaal waren vier lange Tische aufgestellt; dem einen gab er den Namen »Paradies«, dem andern »Himmelreich«, der dritte war das »Fegfeuer«, der vierte die »Hölle«. Einmal suchte ein Prälat im wohlbekannten ‚Palmenwald' Erholung, und da wollte es – vielleicht – der Zufall, daß er die vierte Tafel angewiesen bekam. Der Herr Prälat, dem der humorvolle Direktor nicht unbekannt war, beschwerte sich scherzweise darüber mit den Worten: »Aber, Herr Huppenbauer, ist es auch recht, einen Prälaten bei lebendigem Leib in die Hölle zu verdammen?« – »O ganz und gar net!« antwortete Huppenbauer; »dene in dr Höll tuts recht gut, wenn ao emol a Prälat zu ihne kommt!«

Zusammen mit seinem Nachbarn Lutz, der das Hotel »Waldlust« erbaut hatte, ließ Huppenbauer einen abkürzenden Fußpfad zum Bahnhof anlegen. Da der Weg durch die sogenannte »Frühlingsau« führte, gab man ihm den Namen »Frühlingsauweg«. Dieser Privatweg wurde natürlich auch von den Einwohnern der Stadt gern benutzt. Jedes Jahr geriet er aber durch Unwetter in einen üblen

Zustand, und in Anbetracht der öffentlichen Benützung baten die beiden Herrn die Stadtverwaltung, sie möge die Unterhaltung des Weges übernehmen. Das Gesuch wurde wiederholt vom Stadtrat abgelehnt. Im dritten Jahr bat Huppenbauer darum, das Gesuch in der Sitzung des Stadtrats persönlich vortragen zu dürfen. Seiner Bitte wurde stattgegeben.

»Meine Herren!« begann er. »Ich muß zu dem, was ich vorzubringen habe, etwas weit ausholen: Im Heer Alexanders des Großen war ein Soldat, der ebenfalls den Namen Alexander trug. Er war aber ein Mensch, der sich eine Reihe ehrenrühriger Handlungen hatte zuschulden kommen lassen. Der Kaiser befahl den Namensbruder zu sich.

»Du heißt Alexander, wie ich. Ich höre aber, daß du einen ganz schimpflichen Lebenswandel führst, und darum ist es unerträglich, daß einer meiner Soldaten meinen Namen in den Schmutz zieht!

Darum: Entweder änderst du deinen Namen oder deinen Lebenswandel!«

Die Stadtväter schauten den Redner verständnislos an. »Ich sehe«, fuhr Huppenbauer fort, »daß Sie die Frage bereit haben, was meine Geschichte mit dem Frühlingsauweg zu tun haben solle. Sehr viel, meine Herrn! Die Kurgäste und die Einwohner der Stadt sind empört über seinen entsetzlichen Zustand und haben seinen Namen ebenfalls schon lange in den Schmutz getreten, – sie heißen ihn den ‚Frühling-Sauweg'. Dies ist ein Zustand, zumal in einer ‚Freudenstadt', der nicht länger ertragen werden kann. Entweder muß sein Name geändert werden oder der Weg. Ich hoffe, Sie sind mit mir einig!« – Dem Gesuch wurde einstimmig entsprochen.

Ein alter Tübinger Universitätsprofessor der juristischen Fakultät hatte das Unglück, ein böses Weib zu heiraten, eine geborene Ziegler, die ihm das Leben sauer machte. Der gute Professor trug sein Kreuz mit Geduld und Schweigen. Am Tag vor Semesterschluß sah er aber die Stunde gekommen, sich Genugtuung zu verschaffen für alles, was er im vergangenen Jahr zu erleiden hatte. Er las über das Eherecht und trug das Thema ungeschminkt und spannend vor. Während er vom Pult stieg, wandte er sich nochmals an seine Hörer: »Damit wäre also unser Gegenstand erledigt. Sie, meine Herrn, werden meinem Vortrag entnommen haben, daß das eheliche Leben nicht bloß Licht-, sondern viel mehr Schattenseiten hat. Gleichwohl bin ich weit davon entfernt, Ihnen von dem Eintritt in den ehelichen Stand abzuraten. Halten Sie es damit wie Sie wollen. Nur eins, meine Herrn, erlaube ich mir Ihnen ans Herz zu legen: Wenn Sie heiraten, dann keine geborene Ziegler!«

Huppenbauer wurde häufig von Leuten jeden Standes um Rat und Hilfe angegangen. Einmal kam eine Bäuerin, sonntäglich angezogen, in sein Sprechzimmer und bat ihn um eine Unterredung. Huppenbauer glaubte, sie wolle vor ihm Beichte ablegen. Doch sie hatte was ganz anderes vorzubringen: »Der *eine* Bock, den die Stadt vor Jahren angeschafft hat, langt nicht mehr für die vielen Ziegen, die gehalten werden«, klagte sie. »Und da hab ich gedacht, Sie, Herr Direktor, möchten sich im allgemeinen Interesse für den Ankauf eines zweiten Bocks verwenden«. – »Liebe Frau«, antwortete Huppenbauer, »ich begreif diese Not, aber die Sache geht mich nix an, – da müssen Sie aufs Rathaus, dort machen sie Böck!«

Von dr hohe Geistlichkeit

Zwei Tübinger Theologieprofessoren, Max Reischle und Theodor Haering der Ältere, trafen sich auf dem Bahnsteig, beide im Begriff, zu einer Fachtagung nach Stuttgart zu fahren. Beim Einsteigen wollte Professor Reischle seinem Freund Haering, weil er der ältere war, unbedingt den Vortritt lassen. Der lehnte aber die höfliche Geste lächelnd ab. »Nei' nei', geh du nur vora'! – dr Hering kommt ao sonst immer erst noch-m Räuschle!«

Theodor Bäuerle, der Gründer der Volkshochschule Comburg bei Schwäbisch Hall, der es bis zum Kultminister brachte, hatte im Herbst 1929 zu einer Tagung unter dem Thema »Probleme des Bauernstandes« eingeladen. Unter den Teilnehmern befand sich auch ein katholischer Geistlicher aus Marienburg, dem einstigen Sitz der Hochmeister des Deutschen Ordens. Nach Feierabend traf einer der Volkshochschullehrer, ein waschechter, humorvoller Schwabe, den Herrn Pfarrer inmitten einer stattlichen Zuhörerschaft an. In kragenlosem Hemd und mit aufgestülpten Ärmeln stand er da und erzählte Witze, die dem Schwaben allesamt unbekannt waren. Als der Erzähler einmal verschnaufen mußte, fragte er: »Darf ich auch mal, Hochwürden?« – »O ja, gern; bin sehr gespannt, was Sie Neues bringen!«

»Also . . .«, begann der Schwabe, dem Westpreußen freundlich zulächelnd: »Da war in einem unsrer alten schwäbischen Städtchen ein Kegelklub, dem Bürgermeister, Geometer, Doktor und Apotheker und auch der Pfarrer und der Oberlehrer angehörten. Gut Freund die beiden letzteren, aber auch stets geneigt, dem andern eins auszuwischen. Eines Abends sagte der Pfarrer: »Daß ichs nicht vergesse, möchte ich den Herrn, bevor wir mit der Partie beginnen, meinen Traum von heute Nacht erzählen: Ich war im Himmel und Petrus führte mich, als willkommenen Gast, stundenlang im weiten, schönen Himmelsgarten herum. Allmählich wurde es dunkel und ich erlaubte mir, Petrus an die Umkehr zu erinnern. »Ja, es ist so langsam Zeit, – aber eines unserer Gebäude muß ich Dir, lieber Bruder im Herrn, noch zeigen! Es liegt gleich hinter jenem Tannenwäldchen.« Und da lag es, ein dreistöckiges, vollbesetztes Haus, alle Fenster sperrangelweit offen und ein Johlen und Singen und Durcheinanderrufen, das im Wald widerhallte. »Wer wohnt denn da drin?« fragte ich. Petrus sah mich vielsagend an und antwortete: »Du wirst staunen, – die Schulmeister.« – »Daß ichs nicht vergesse, meine Herrn'« sagte am nächsten Kegelabend der Oberlehrer, als der Bürgermeister gerade zum ersten Schub ansetzen wollte: »Wahrscheinlich angeregt durch den Traum des Herrn Pfarrers, hat es auch mir letzte

Nacht geträumt. Ich war ebenfalls im Himmel und auch mich führte Petrus wohlwollend durch die himmlischen Gärten. Ich muß bestätigen, es war alles genau so, wie es uns der Kollege Pfarrer berichtet hat. Beim Lehrerheim wandte ich mich zur Heimkehr; doch Petrus hielt mich zurück und sagte: »Ein kleines Stück weiter – gleich hinter dem Birkenwäldchen haben wir noch ein recht stattliches Anwesen!« Es war schon ziemlich dunkel, kein Stern, kein Laut ringsum. Wahrhaftig, da stand noch ein Gebäude, das an Größe dem Lehrerheim nicht nachstand, doch waren alle Fensterläden dicht geschlossen. »Ahh! Wohl als Reserve gedacht?« meinte ich. »O nein – leider! Hier sollten eigentlich die Herren Pfarrer hinein; aber bis heute ist noch keiner in den Himmel gekommen.«
Hochwürden nickte, als er mit seiner Anekdote zu Ende war, spielte lächelnd am Knöpfchen und Knopfloch seines Hemds und fragte todernst: »Wissen Sie, warum Kain seinen Bruder Abel erschlagen hat? Ich wills Ihnen sagen: Er tats, um ihn los zu werden, weil er ihm immer steinalte Witze erzählt hat!«

Jakob Frischlin, der Vater des nachmals berühmten Dichters und Sprachgelehrten Nikodemus

Frischlin, war weitum bekannt durch seinen heiteren und treffenden Witz. Er wurde 1548 als Pfarrer nach Mehrstetten auf der rauhen Alb versetzt, was ihm aber keineswegs gefallen wollte. »In der Welt gibts ja im allgemeinen vier Elemente«, sagte er, »auf der Alb aber nur zweieinhalb: Wind im Überfluß, auch Feuer und Holz genug, aber kein Wasser und statt Erde nur Steine.«
Später kam er nach Erzingen bei Balingen und traf dort die gemeinderätliche Anordnung an, daß jeder Einwohner, der Pfarrer nicht ausgenommen, der Reihe nach eine Woche die Schafe des Fleckens hüten müsse. Den Pfarrer trafs gerade am Feiertag Johannis des Täufers. Auf seine Amtspflichten hinweisend, verlangte er vom Schult-

heißen, daß ihm diese lästige Auflage erlassen werde. Der Bürgermeister weigerte sich jedoch eigensinnig, seinem Wunsch zu willfahren. Was tat Frischlin? Er trieb in aller Frühe die Schafherde auf des Schultheißen Kleeacker und ging ins Dorf zurück, um seinem geistlichen Hirtenamt zu genügen.

Wer hätte gedacht, daß aus dem 1644 in Kreenheinstetten auf dem Heuberg geborenen Johannes Ulrich Megerle, dem Sohn des leibeigenen Kleinbauern und Traubenwirts, einmal der berühmte Kanzelredner und Kaiserliche Hofprediger in Wien Abraham a Sancta Clara werden würde? Über den 26-jährigen Augustinerbarfüßer erzählt der Prior des Klosters Taxa, daß er »ein ungemeines Auditorium und Zulauf des Volks durch seine wunderliche und angenehme Redart mit Lust und Ernst an sich gezogen und sich gezeigt, daß er kein geschwätziger, sondern ein tiefsinniger, beredsamer Schwab sei«.
Für Abraham a Sancta Claras Witz und sein unerschrockenes Auftreten, sei's gegen wen es sei, ist eine Anekdote bezeichnend, die die Klosterchronik berichtet: Der Winterchor der Augustiner ging auf eine Gasse hinaus, wo jede Woche der »Saumarkt« stattfand. »Das verdrießliche Ge-

schrei von Schweinen, Kälbern und Schafen wurde den psalmodierenden Mönchen mit der Zeit lästig und Bruder Abraham wurde zum Herrn Bürgermeister geschickt mit dem Anliegen, den Saumarkt zu verlegen. Der Abgesandte brachte die Bitte mit der Begründung vor, er und seine Ordensbrüder möchten doch lieber mit David psalmodieren als mit E-sau, – worauf der Bürgermeister die Bitte lachend gewährte.

Eine seiner Predigten aus dem Jahr 1675 lautete: Was sind melancholische Leut? Es sind Sauertöpfe, Angsthasen, finstere Wolken, Ofenscherben, Wandschatten, Trübwinkler, knospete Gispel. Es sind Holzäpfelkrämer, es sind Spitalgrillen, es sind abgestumpfte Bartbürsten, es sind Ochsenköpf, die sich nicht viel ins Licht trauen; es sind Bruthennen, sind des Todes nächste Schwäger, denn die Melancholie ist des Todes Schwester, und was das Schlimmste: Die melancholischen Leut sind Gott zuwider . . .
Warum aber will Gott bei einem Melancholanten nicht einkehren? Darum: Gemeiniglich hat ein solcher ein böses Gewissen, denn der ein böses Gewissen und Gott nicht drin hat, der ist melancholisch, traurig, furchtsam. Wenn ein solcher nur hört, daß einer totgefallen, auweh! geht schon ein

Stich ins Herz; wenn er nur hört, daß zu Nacht ein Mäuslein sich rührt, geht ihm ein Stich ins Herz; wenn er nur sieht den Schatten an der Wand, geht ihm ein Stich ins Herz und er meint, jetzt keie die Höll ein . . . Die melancholischen Leut sind Gott zuwider.
Entgegen: Was sind die lustigen Leut? Es sind Zeitvertreiber, es sind Magnetkinder, es sind Herztröster, es sind Hallelujaboten, es sind Glücksvögel, sind Brustzucker, sind Gemütärzte, sind Freundschaftsschmiede, sind Gewürze, die alles schmackhaft machen, und welches das Beste: Die lustigen Leut sind Gott lieb.

In den 30-er Jahren des vergangenen Jahrhunderts geriet eines Abends der Vikar Karl Friedrich Ledderhose im »Kreuz« in Langenbrücken mit einem großsprecherischen, unguten Bauern aus Eppingen zusammen, der Pfarrers- und Schulmeistersleut Bettelleut hieß und weder von der Bibel noch von der Kirche etwas hielt. Der gläubig und eifrig sein Seelsorgeramt ausübende Vikar ließ es nicht an scharfer Gegenrede fehlen.
Es dauerte ein paar Wochen, da kam ein Schreiben der Evangelischen Kirchensektion des Badischen Ministeriums des Innern: Es sei eine Klageschrift von einem angesehenen Bürgersmann zu

Eppingen eingegangen, weil der Vikar Ledderhose ihnen in einem Wirtshaus in Langenbrücken mit Hinweis auf Sünde, Gericht und Hölle böse zugesetzt habe. Das seien nach Ansicht des Ministeriums »pietistische Umtriebe«, deretwegen er sich umgehend zu verantworten habe.
Der Prälat empfing den Vikar mit höflicher Kälte, erklärte, man habe bisher seines ausgezeichneten Zeugnisses und seiner Predigten halber große Stücke von ihm gehalten, – aber bessere, höfliche Umgangsformen von ihm erwartet. »Wo, Herr Prälat, habe ich's an der Höflichkeit fehlen lassen?« erlaubte sich der Vikar zu fragen. Das müsse ihm sein Gewissen sagen, bekam er zur Antwort. »Ich kenne nur *einen* Spruch des Gewissens, der heißt: ‚Wir können nicht wider die Wahrheit, sondern nur für die Wahrheit'!« – »Das ist auch meine Ansicht«, sagte der Prälat. »Aber Sie wissen auch das Wort der Bergpredigt: ‚Ihr sollt die Perlen nicht vor die Säue werfen!'« – »Das weiß ich, und ich weiß auch, vor wem ich hier stehe«, entgegnete Ledderhose. »Aber gerade darum sage ich, daß es einer Kirchenbehörde wohl anstehen würde, einen Geistlichen zu schützen, der für Gottes Wort und die Ehre der Kirche ein unerschrockenes Wort wagt. Die Kirche wird nicht leben von jenen, die schweigen, sondern von denen, die ihren Kopf hinhalten. Noch nie ist eine große Sache getragen worden von denen, die sich ducken, sondern von

solchen, die wacker fechten!« Der Prälat schwieg lange. Dann breitete sich über sein Gesicht ein freundlicher Schein. »Sie meinens ehrlich, Ledderhose!« sagte er. »Ein Kopfhänger und Duckmäuser spricht nicht diese Sprache, und Männer die das Herz auf dem rechten Fleck haben, brauchen wir bitter nötig!« Der Prälat gab dem Vikar die Hand: »Ihr Wort ist so gut wie Ihr Herz. Darum soll meine Tür Ihnen offen stehen, so oft Sie daran pochen.«

Nach einem Besuch bei seinem Schwiegersohn Philipp Matthäus Hahn in Echterdingen, war Flattich zu Fuß unterwegs nach Hause. Auf der Landstraße »ob der Steig« begegnete er einem jungen Mann, in dem er leicht einen Provisor erkannte. Redselig wie er war, fragte er den Wanderer: Wo will Er denn hin?« – »Nach Stuttgart!« antwortete der freudig. »Ich bin vom Lande und habe die Landeshauptstadt noch nie besucht.« – »Soso, Er hat unsre Residenzstadt noch nicht gesehen! Wie meint er denn, daß sie ausschaue?« – »Eben groß und schön, denk ich mir.« – »Nun, das werden wir ja gleich sehen!« antwortete Flattich. Und als sie um ein Wäldchen bogen, zeigte er ins Tal hinunter: »Da haben wir's ja, unser Stuttgart!« Der Provisor vom Lande sah seinen Begleiter fast erschrocken an. »Was macht Er denn für große Augen?« – »Das soll Stuttgart sein!? Ich sehe bloß ein weites Ackerfeld mit magerer Frucht und viel Senf, Disteln und Ackerschnallen!« – »Ja, mein lieber Freund«, sagte Flattich lächelnd«, »das ist eben die Gestalt einer großen Stadt: viel Unkraut und wenig Ähren!«

Zu Zeiten Herzog Karls bewarb sich der dichterisch veranlagte Pfarrer von Waldangeloch, badisches Bezirksamt Sinsheim, um die bessere und gerade offene Pfarrstelle im württembergischen Poppenweiler. Er faßte seine Bewerbung in die Verse:

Werden möcht ich Kirchenpfeiler
In dem Pfarrdorf Poppenweiler;
Werd ich's nicht, so bleib ich doch
Pfarrer in Waldangeloch.

Nicht umsonst hatte er, falls seine Bewerbung ohne Erfolg war, einen Trost zur Hand; denn das Konsistorium beantwortete sein Gesuch mit dem Gegenreim:

Du wirst nicht der Kirchenpfeiler
In dem Orte Poppenweiler,
Bleibst vielmehr und lange noch
Pfarrer von Waldangeloch.

Damit wäre also die Angelegenheit erledigt gewesen, wenn . . . der Herzog nicht selbst eingegriffen hätte. Der ließ sich nämlich alle Gesuche um Beförderungsstellen vorlegen. Er fand an der humorvollen Meldung des Waldangelocher Pfarrers Gefallen, konnte auch bei dieser Gelegenheit das etwas eigenmächtige Benehmen der Herren auf dem Konsistorium in die Schranken weisen und schrieb darum an den Rand der Bewerbung:

Du wirst doch der Kirchenpfeiler
In dem Orte Poppenweiler!
Dieses setzt für dich ins Werk
Herzog Karl von Württemberg.

Zu Herzog Karls Zeiten gab es unter den adeligen Herrn manche, die, vom leichtfertigen Geist der Franzosen angesteckt, sich über religiöse Dinge lustig machten. Eines Tages stattete ein Herr Baron von Osten dem Pfarrer Flattich einen Besuch ab und spöttelte über den biblischen Bericht von der Sintflut. »Wie soll es denn möglich sein, daß Noah vor Beginn der Sintflut aller Tiere habhaft werden konnte, die er mit in die Arche nehmen wollte? Nicht wahr, Herr Pfarrer, darauf vermögen Sie trotz Ihrer Bibelfestigkeit keine Antwort zu geben?« – »O, warum nicht!« entgegnete ihm Flat-

tich. »Als die Arche fertig war, stellte sich Noah an den Bug des Schiffes, wandte sich nach allen vier Himmelsgegenden und rief: ‚Komm her, du Löwe von Süden, du Bär von Norden, du Schaf von Westen und du Ochse von Osten!' – und das ließ sich keins der gerufenen Tiere zweimal sagen.«

Das württembergische Landexamen, an dessen Ende als Preis die Aufnahme in eines der »niederen Seminare« lockte, war nicht leicht zu bestehen. Nur 30 der oft 120 Kandidaten gelangten durch die enge Pforte. Ein Trost für die Durchgefallenen blieb, daß sie oft in einer andern Laufbahn höher stiegen als die Gewinner in der ihrigen; so daß sich Schillers Wort bewahrheitete: »Es war ihm zum Heil, es riß ihn nach oben«. – Dieser Ansicht war auch der Kriegsminister und General der Infanterie von Schürlen. Der kam um die Jahrhundertwende auf Besuch zu einer befreundeten Familie und traf dort den Sohn, der in der nächsten Woche den schweren Gang ins Landexamen antreten sollte und dem Tag mit Bangen entgegensah. »Wilhelm«, tröstete ihn der General, »no kei' Angst! Wenn du durchfällst, kannst immer no Kriegsminister werde.«

Der Herr Prälat im Kirchenkonsistorium zu Karlsruhe, Johann Peter Hebel, bekam eines Tages einen seltsamen Besuch. Der Pfarrer des Dörfleins Haltingen klopfte an seine Amtszimmertür und brachte einen stattlichen Wildhasen mit, den er nach der Begrüßung an den Löffeln aus seinem Zwerchsack zog. »Der da, Herr Prälat, ist mir am letzten Sonntag in die Sakristei gelaufen«, begann

der Pfarrer zu erzählen. »Da hab ich die Tür geschlossen und ihm mit dem silbernen Knauf meines Stockes den Genickfang gegeben. Der Jagdpächter, der mir, Gott weiß warum, nicht gewogen ist, hatte durch Kinder, die im Hof spielten, von der Sache erfahren, kam wie wild ins Pfarrhaus gerannt und erklärte mir, ohne mich zu Wort kommen zu lassen: »Das ist Wilddieberei, Herr Pfarrer! Ich verklage Sie wegen Jagdfrevel!«

»Das habe ich nicht abwarten wollen und bin gleich hergefahren, um Ihnen, Herr Prälat, die ganze Angelegenheit vorzutragen und Sie um Rat zu fragen. Kommts zur Anklage und Verurteilung, kostets mich meine Stelle, das steht wohl außer Zweifel! Aber, so mein ich, dieses Opfer wäre mit einem jährigen Feldhasen nicht genügend bezahlt.«

Hebel nickte lächelnd und sagte: »Daß Ihnen, lieber Amtsbruder, der liebe Gott den Hasen am Sonntag in die Sakristei hat laufen lassen, gerade in dem Augenblick als Sie drin waren und Ihren Stock in der Hand hatten – das ist ein Wunder. Und darum glaube ich, daß der Hase nach dem Recht und Gesetz Moses Ihnen gehört. Daß aber der Jagdpächter, der Ihnen, wie Sie sagen, ohnehin nicht grün ist, Sie wegen Jagdfrevels anklagen wird, das glaub ich leider auch. – Aber vielleicht haben wir Glück: ich bin auf heute abend vom Großherzog eingeladen. Dem will ich die verzwickte Hasengeschichte erzählen. Er ist ja ein weiser und gütiger Fürst und wird schon einen Rat wissen. Kommen Sie morgen früh wieder zu mir.«

Anderntags empfing Hebel den Amtsbruder mit strahlender Miene. »Ihre Sache steht gut!« sagte er. »Der ganze Hof hat seine Freude an Ihrem Jagdabenteuer gehabt und darüber von Herzen gelacht; der Großherzog mit. Er hat mir eine Urkunde diktiert – da ist sie, die legen Sie auf den

Richtertisch! Schwarz auf weiß ist da zu lesen, daß der Großherzog aus besondrer Gunst und Gnade in der Sakristei der Kirche zu Haltingen Jagdfreiheit gewähre und zwar mit Wirkung vom Ersten dieses Monats auf zehn Jahre. Sie können also ruhig weiterjagen in Ihrer Sakristei, und ich selber wünsche Ihnen dazu weiterhin Weidmanns Heil!«

Der Theologieprofessor Dr. von Weizsäcker in Tübingen hatte einst einen Kandidaten zu prüfen, dessen Zeugnisse in Übereinstimmung mit seinem Leibesumfang darauf schließen ließen, daß er wenig gearbeitet und dafür viel Bier getrunken hatte. »Nun, Herr Kandidat«, begann er, als man auf den Kirchenlehrer Augustinus zu sprechen kam, »Sie können mir gewiß sagen, wie die Großmutter des heiligen Augustinus geheißen hat.« Der Überlieferung nach ist zwar des Heiligen fromme Mutter Monika bekannt, über seine Großmutter jedoch schweigen die alten Schriftsteller. Der Kandidat, faul aber nicht dumm, merkte gleich, daß ihm Weizsäcker eine Schlinge legen wollte und antwortete schlagfertig mit der Gegenfrage: »Meinen der Herr Professor die Grußmutter väterlicher- oder mütterlicherseits?« – Darauf ging der Examinator schweigend zu einem andern Gegenstand über.

In einem Schwarzwälder Dorf hatte der Pfarrer Veranlassung in seiner Sonntagspredigt gegen das überhand nehmende bösartige Lügen und Verleumden im Wirtshaus anzugehen. »Das ist nicht christlich, ihr maulschnellen Bauern und Holzhauer!« ermahnte sie der Pfarrer. »Ich geb euch einen guten Rat: Wenn einer lügt und ein anderer, der's mit anhört, ihn lügenstrafen will, dann soll er den Finger heben und pfeifen, damit der Lügner gewarnt ist und sich fortan in Acht nimmt! – Und nun lasset mich zum Thema meiner Predigt kommen. Meine lieben Gläubigen im Herrn! Als Gott Himmel und Erde, alles vierfüßige Getier, die Vögel in der Luft und die Fische im Wasser geschaffen hatte und sah, daß alles gut war, da schuf er zum Schluß auch den Menschen. Er formte ihn mit seinen Händen aus weichem Lehm und lehnte ihn zum Trocknen an einen Zaun, damit er fest und hart werde . . . « Da pfiff einer von hinten mitten in die Predigt hinein. »Wie? Simonsbauer, du meinst wohl, das sei gelogen?!« – »Sell will i net grad gsait hao, Herr Pfarrer. I frog Sia bloß: wear no dean Zau gmacht hot, wenn doch no koi' Mensch uf dr Welt gwea ischt.«

Der Pfarrer von Zwiefalten hielt einmal in der siebten Klasse der Goßenzugener Volksschule Beichtunterricht. Es ging ihm dabei darum, den Mädchen und Buben recht deutlich zu machen, daß zu einer vollkommenen Beichte nicht nur das Sündenbekennen, sondern auch Reue und Wiedergutmachen gehöre. Sie konnten mit etlichen Beispielen erklären, wie man zeigen könne, daß man etwas, was unrecht oder gar böse war, bereue. Doch zu der Frage, wie man das wieder gutmachen könne, fehlten noch die Antworten. Da wandte sich der Pfarrer, der seine Pappenheimer kannte, an einen der Lausbuben: »Du, Belle, wenn du zu mir kommst und mir beichtest, du habest verbotener Weise in der Aach sechs Forellen gefangen, was mußt du dann tun, damit ich dir deine Sünde vergeben kann?« – »Wieder guat mache, Herr Pfarrer, ond Ehne ao oine bringe!«

Der Pfarrer Machtholt von Möttlingen war wegen seiner Bescheidenheit und Rechtlichkeit bekannt und beliebt. Als in den Neunzigerjahren des vergangenen Jahrhunderts die republikanischen französischen Truppen in Württemberg einfielen, kamen sie von Calw herüber auch nach Möttlingen. Der requirierende Offizier erschien mit drei Soldaten im Pfarrhaus und verlangte die Herausgabe sämtlicher Dinge, die aus Gold und Silber gefertigt waren. Der Pfarrer suchte gewissenhaft die geforderten Habseligkeiten zusammen und versicherte, daß er wahr und wahrhaftig keine weiteren Wertsachen besitze. Kaum war die räuberische Horde abgezogen, fand sich in einer Lade noch ein silberner Löffel. Eilig lief er den Feinden nach und entschuldigte sich bei dem Offizier für das nicht absichtlich Zurückgebliebene. Der Offizier, von der Ehrlichkeit des Pfarrers beschämt, nahm den silbernen Löffel nicht an, sondern gab alles zurück, was seine Leute aus dem Möttlinger Pfarrhaus fortgetragen hatten.

David Friedrich Strauß war wegen seines allzu freisinnigen Buches »Das Leben Jesu« auf Veranlassung des königlich württembergischen Studienrats seiner Repetentenstelle am evangelischen Stift zu Tübingen enthoben und als Professoratsverweser an das Lyzeum seiner Vaterstadt Ludwigsburg versetzt worden. Am Tag nach seinem Weggang aus dem Stift traf er in einer Tübinger Gastwirtschaft mit dem Dichter Georg Herwegh zusammen, der kurz zuvor wegen seiner revolutionären Gedichte auch von dieser altschwäbischen Bildungsstätte verwiesen worden war. Herwegh begrüßte den Eintretenden mit den Worten: »Nun haben wir also beide die Ehre nicht mehr im Stift zu sein?« Strauß, der sich keinesfalls mit ihm auf *eine* Linie gestellt sehen wollte, erwiderte: »Ja, aber es kommt drauf an, wo man das Komma hinsetzt, ob nach ‚Ehre' oder nach ‚mehr'!«

Ehe der in Balingen geborene Tobias Beck zum Professor der Theologie an die Universität Tübingen berufen wurde, war er Stadtpfarrer an der evangelischen Kirche in Mergentheim. Dort trug sichs während seiner Amtszeit zu, daß eine durch ihren lockeren Lebenswandel bekannte Frau der evangelischen Kirche den Rücken kehrte und katholisch wurde. Nach einigen Tagen begegnete

Beck seinem katholischen Amtsgenossen, der ihn mit unverhohlener Schadenfreude begrüßte: »Herr Stadtpfarrer, nun ist Ihnen aber eins Ihrer Schäflein untreu geworden!« – »O, das schadet nichts!« entgegnete ihm der evangelische Hirte; »es war räudig!«

Der Heiner Bonner, ein Schulmeister und nach dem Taufbuch Protestant, hatte sich im Leinfelder Kegelklub mit dem katholischen Pfarrer angefreundet. Nach der Fasnet, bei der das Manns- und Weibsvolk die Narretei und ander Ding wieder toll getrieben hatte, rieb der Heiner dem geistlichen Freund dieses unchristliche Wesen unter die Nase: »Daß du, Hochwürden, sottem Treibe ohne Ei'spruch zuaguckst, dees nemmt sogar mi, als Protestante, Wonder!« – »Mei' liaber Heiner!« gab ihm der Pfarrer zur Antwort: »Was kümmert mi deam ausglassene Volk sei' Wease. I woiß sicher: am Aschermittwoch kommet se!«

In einem Kloster im Oberland unterhielten sich ein paar Mönche ernstlich über die Frage, wie es wohl mit dem Zustand der Seele nach dem Tode stehe. Der eine, ein Zweifler, war der Ansicht: »Wer will das wissen?« Ein andrer war und blieb der festen Überzeugung, daß es so sei, wie die Lehre der Kirche laute. Sie diskutierten lange und gaben sich schließlich das Versprechen: wer zuerst von ihnen sterbe, werde wiederkommen und ihnen über die strittige Frage Auskunft geben. Der Rechtgläubige wurde als erster abgerufen. In der Nacht nach seinem Heimgang erschien er den Brüdern, und als ihn der eine erwartungsvoll fragte, ob es nun mit dem Fortleben der Seele so sei, wie sie dächten, antwortete der: »Totaliter aliter! Ganz anders!«

Nach der 1848er-Revolution waren die Prälaten Hauber und Georgii Mitglieder des Württembergischen Landtags. Nach einer langen und anstrengenden Sitzung spazierten sie, um ein wenig Luft zu schnappen, noch eine Stunde durch die Stuttgarter Altstadt. Da sah Hauber unter einem Wirtshausschild eine Saublase hängen. »Da gibts Metzelsupp! Wollet mr net nei'? I han wahrlich Hunger!« – »Waas? Nach de elfe Sauerkraut? Um die Zeit ißt ma' kei' Sauerkraut meh!« – »Oh, Georgii!« entgegnete Hauber; »dees tuat mir nix – en meim Mage isch ällweil Nacht!«

In einem Filderdorf legte der Pfarrer seiner Sonntagspredigt den Schöpfungsbericht zugrund, der mit den Worten schließt: »Und siehe, es war alles gut, was Gott gemacht hatte«. Beim Verlassen der Kirche hielt der Christoph, der von Geburt an ein Gebrechen, nämlich einen krummen Buckel hatte, den Pfarrer an. »Nix für u'guat, Herr Pfarrer!« sagte er. »Jetz gucket Se emol mi a', wia i erschaffe ben! Ka' ma' so ebbes ao guat hoiße?!« Der Pfarrer legte ihm tröstend die Hand auf die Schulter und sagte: »Christoph, sei z'friede, für en Bucklige bist eigentlich recht guat gmacht!«

Die in den 70er Jahren des vergangenen Jahrhunderts berühmte Stuttgarter Hofschauspielerin Eleonore Wahlmann wurde eines Tages bei einem Spaziergang in den Anlagen vom Regen überrascht und hatte keinen Schirm bei sich. Ein würdiger älterer Herr bot ihr unter seinem schwarzen Dach freundlichst Schutz an. Bei der Verabschiedung vor ihrem Haus sagte sie: »Verzeihen Sie,

wenn ich mir die Frage erlaube, wem ich für die nette Begleitung zu danken habe.« Lächelnd erwiderte der Gefragte: »Gnädige Frau scheinen nicht oft in die Kirche zu kommen – Prälat Kapf. Aber darf ich auch wissen, wen ich die Ehre hatte zu begleiten?« – »Sie, Herr Prälat, scheinen nicht allzu oft ins Theater zu gehen, – ich bin Eleonore Wahlmann.«

Einige Mitglieder des Kirchengemeinderats eines Albdorfes erwarteten auf der nächstgelegenen Bahnstation das Eintreffen des neu ernannten Pfarrers. Auf einem mit Feldblumen geschmückten Bernerwägele fuhren sie mit ihm dem Dorf zu. Um einen kleinen Einblick in die örtlichen Verhältnisse und den religiösen Zustand seiner Gemeinde zu gewinnen, stellte der Herr Pfarrer unterwegs allerlei Fragen an seine Begleiter: ob die Kirche gut und regelmäßig besucht werde, ob auch Betstunden abgehalten würden. »Und wie steht es denn bei euch da oben etwas einsam gelegenen Christenmenschen mit der Frage der Wiedergeburt?« wandte er sich an den Vorstand des Kirchengemeinderats. »Do könnet Se ganz beruhigt sei', Herr Pfarrer«, antwortete der; »sottige U'tate kommet bei ons net vor!«

Der Pfarrer Scholl predigte seinen Gerstetter sündigen Schäflein zwölf Mal im Jahr über das jüngste Gericht und den Weltuntergang. Weil er dabei besonders die ledigen Burschen in die Zange nahm, beschlossen die, ihm einen Possen zu spielen. Als der Pfarrer am ersten Augustsonntag – so ist in den Gerstetter Gerichtsakten zu lesen – wieder seine Lieblingspredigt vom Weltuntergang hielt und gerade über die zu erwartenden Höllen-

strafen sprach, die über die verdorbene Jugend hereinbrechen werde, da tat es plötzlich einen gewaltigen Schlag und die Kanzel samt dem Pfarrherrn war eingehüllt in Feuer und Rauch; die Burschen hatten ein Päckchen Sprengpulver unter der hölzernen Kanzel versteckt und im rechten Augenblick gezündet. Vor Angst und Entsetzen flohen das Frauenvolk und die paar alten Männer aus der Kirche, des Glaubens, der Jüngste Tag sei mit Donner und Blitz angebrochen. Als sich der Qualm verzogen hatte, stand der Pfarrer, bleich wie die Wand, auf der halbzertrümmerten Kanzel, hob die Arme zum Himmel auf und rief zu ihm empor: »Liaber Gott, daß es so schnell goht, hätt i net denkt!«

Der Freiherr Hans Werner von Zimmern war gern in Gesellschaft des Priors und der Mönche des Rottweiler Klosters, unter denen gar kurzweilige Brüder waren, der »Zimmerle« im besonderen. Der erbat sich, als sie wieder einmal fröhlich beisammen waren, von Herrn Hans Werner ein paar Hechte aus dem Seedorfer Teich. Der Freiherr willfahrte gern, doch müßten die Hechte auf eigene Kosten abgeholt werden. Zu gelegener Zeit werde er von dem Angebot Gebrauch machen, sagte Zimmerle. – Inzwischen gab Herr Hans Werner seinem Amtmann zu Seedorf die Weisung, wenn das Kloster einmal nach etlichen Hechten schicke, solle er dem Boten das Fäßlein mit Fröschen füllen, – dieses aber wohlgemerkt, so gut in Stroh einschlagen, daß der Klosterknecht nichts von dem Inhalt bemerke. Am Tag, auf den der Zimmerer den Boten angemeldet hatte, stand das Fäßlein mit den Fröschen am Ufer des Sees und schlauerweise ein Zuber mit fetten Hechten daneben. Der Klosterknecht war der Meinung, daß Hechte im Fäßchen und die im Zuber nicht mehr hineingegangen seien. Er sagte dem guten Amtmann Dank und zog frohgemut davon. – Wohlbehalten kam er nach Rottweil und lieferte das Fäßchen im Kloster ab. Der Zimmerle wartete schon mit Ungeduld auf ihn, rief die andern Mönche herbei und verkündete ihnen, was für ein leckeres Mahl er ihnen verschafft habe. Wie geschäftig da die Mönchlein auf einmal wurden, eine große Gelte und frisches Wasser herbeitrugen und den Herd zurichteten! Als die aber das Fäßlein vom Stroh befreit und geöffnet hatten, da staunten sie nicht wenig, als Frösche heraushüpften. Der Zimmerle schämte sich schweigsam und wurde von seinen Brüdern wacker verspottet und ausgelacht. Und er konnte nichts anderes als mitlachen, als ihn beim nächsten Gesellschaftsabend Herr Hans Werner fragte, wie ihnen die zimmerischen Hechte geschmeckt hätten.

Von Durchlauchte ond de kleine Obrigkeite

Ein frommer, aber auch schlitzohriger Schwarzwälder Bauer, der fast die ganze Bibel auswendig konnte, zog im Winter, wenn es in Feld und Wald nichts mehr zu tun gab, in den Dörfern umher und suchte in den Betstunden mit seiner Bibelfestigkeit Eindruck zu machen. Er versäumte auch nicht, überall dem Pfarrer einen Besuch abzustatten. Da machte es ihm besonderen Spaß, die Herren Geistlichen durch spitzfindige Fragen, die sie meistens nicht beantworten konnten, in die Enge zu treiben.

Herzog Ulrich hatte von dem bibelfesten, gewitzten Schwarzwälder Bauern gehört und ließ ihn, als er sich einmal in Teinach aufhielt, zu sich rufen. »Jetzt fragt *mich* mal etwas, Finkbeiner! Möcht doch sehen, ob der Herzog besser in der Bibel Bescheid weiß als seine Pfarrer.« – »Gnädiger Herr«, fragte der Bauer, »wißt Ihr, wie groß Gott ist?« Ulrich antwortete ihm mit der Gegenfrage: »Wer unter den Menschen könnte das sagen?« – »*I,* Gnädiger Herr: Gott ist so groß, wie der Prophet sagt: ‚Der Himmel ist sein Stuhl, die Erde ist seiner Füße Schemel und er reicht mit seinen Armen von einem Ende der Welt zum andern' . . . Nun aber ratet, gnädigster Herr: Wieviel Ellen Tuch müßt er haben zu einem Rock, wenn er so groß ist?« – »Wahrlich, diese Frage weiß ich nicht zu beantworten«, gestand der Herzog. Der alte Finkbeiner lächelte verschmitzt und sagte: »Ich wills Euch kundtun: Gott bedarf nicht mehr zu einem Rock als ich; denn er selbst spricht: ‚Was ihr getan habt dem Geringsten, das habt ihr mir getan.' Wenn Ihr also, gnädigster Herr, mir einen Rock gebt, so habt Ihr ihn Gott gegeben.« – »Gut geantwortet!« sagte lächelnd der Herzog. »Wenn du auf Mitfasten, wo ich mein Hofgesinde neu einkleiden lasse, nach Stuttgart kommst, dann sprich bei mir vor, du sollst gern Gottes Rock haben.«

In der »Chronik der Stadt Stuttgart 1286 bis 1886« wird vom Jahr 1602 berichtet: »Das Rebwerk ist im April und noch einmal am 16. und 17. Mai gänzlich erfroren. Etliche Pfarrherrn hielten an, daß man ihnen, als Seelsorgern, die guten Magenwein vonnöten haben, einen bessern verabreichen möchte. Herzog Friedrich aber schrieb auf die Eingabe: Mit gesündigt mit gebüßt!«

Der König kam einmal auf einer Treibjagd an einem Taglöhner vorbei, der mutterseelenallein einen Acker umhackte. Er trat zu ihm und fragte, wie hoch sein Taglohn sei. »25 Kreuzer, Herr!« antwortete ihm der Mann. »Das ist wenig. Kannst du davon leben?« – »Wenn ich das Geld allein

verbrauchen könnt, wärs schön! Aber mit 5 Kreuzern zahl ich Zins und Schulden und 5 Kreuzer spar ich fürs Alter. Mit den übrigen 5 verhalte ich auch Vater und Mutter, die alt sind und nicht mehr schaffen können.« Diese Rede gefiel dem König so gut, daß er dem armen Taglöhner einen Kronentaler in die Hand drückte. »Kauf dir ein Gütle und ein paar Ziegen dafür«, sagte er. »So wie dich möcht ich lauter Untertanen haben!«

Nach der Einverleibung des Fürstentums Hohenzollern-Sigmaringen ins mächtige Preußen, erschien eines Tages ein preußischer Kommissar in Hechingen und ließ sich von einem dortigen Kutscher im neuerworbenen Ländchen umherfahren. Unterwegs fragte der Abgesandte den Kutscher: »Nun, guter Mann, seid ihr jetzt gerne preußisch?« – »Ha, was machts schao, ob mir preußisch oder hohezollerisch send«, war die Antwort. »Mir und de Hechinger ischt dees gleich – aber dene Malefiz-Rottweiler hättet mir's halt doch gönnt, daß se hättet ao preußisch werde müasse!«

Das Revolutionsjahr 1848 nahm dem Fürsten von Hohenzollern-Sigmaringen die Freude am Regieren. Er bot König Wilhelm I. von Württemberg sein Ländchen gegen eine jährliche Rente von 300000 Gulden an; aber der König lehnte ab. »Auch recht!« sagte der Sigmaringer und bot sein Land dem verwandten hohenzollerischen Preußenkönig an, und der griff schmunzelnd zu. Am 7. Dezember 1849 wurden durch Staatsvertrag die Hohenzollerischen Lande dem Staat Preußen einverleibt. Die Untertanen des Fürsten waren aber wenig erbaut von dem Wechsel, und einige Gemeinden verweigerten sogar den Huldigungseid. Der Vertrag sollte durch ein Fest feierlich begangen werden. An die Geistlichen erging die Weisung, in ihrer Predigt auf den Regierungswechsel gebührend hinzuweisen und seine Bedeutung in das Licht der göttlichen Vorsehung zu stellen. Die meisten Geistlichen gehorchten nicht gern dieser ihnen auferlegten Pflicht. Einer der Hochwürden hatte aber Mut und Humor genug, der bittern Angelegenheit in seiner Predigt Erwähnung zu tun. »In Christo Geliebte!« begann er. »Ich werde heut zu euch reden erstens davon, wie sehr wir uns darüber freuen sollen, daß wir preußisch geworden sind, und zwotens darüber, daß wir dies um unsrer Sünden willen auch gar nicht besser verdient haben.«

Daß die Kuppinger »Mondspritzer« genannt wurden, war im ganzen Ländle bekannt. Sogar der König Wilhelm I. kannte den Scherznamen, war er ja dem einfachen Bauernvolk besonders zugetan. Nun war einmal der Kuppinger Heiligenpfleger, ein schlagfertiger Spaßvogel, auf dem Cannstatter Volksfest und kam beim Rösserbesichtigen zufällig neben den König zu stehen. Majestät ließ sich in ein Gespräch mit ihm ein und fragte ihn, woher er sei. »Ah! Aus dem lieben Kuppingen? Was macht denn der Kuppinger Mond?« – »O, Herr König«, erwiderte der Heiligenpfleger, »dear hot seither schao ema' manche haohe Herre hoimzonde!«

König Wilhelm II. weilte im Sommer gern einige Wochen am Schwäbischen Meer. In schlichtem Zivil und ohne Begleitung – darum auch häufig unerkannt – machte er Spaziergänge am schönen Seestrand entlang. Einmal kehrte er in einem ländlichen Gasthaus ein, um sich an einem Glas Meersburger zu erfrischen. Er bezahlte die Kellnerin, die aus Stuttgart stammte und dort lange Zeit bedient hatte, mit einem Goldstück und ließ ihr den Rest als Trinkgeld. »Ooh!« entfuhr es der Überraschten; »Sia send aber ao koi' Stuegerter!«

Zu dem aufrechten und unerschrockenen Bürgermeister und Notar in Leonberg, Wilhelm Hoffmann, kam eines Tages eine Abordnung der Gemeinde Gerlingen mit einem, sagten sie, wichtigen Anliegen: König Friedrich wolle ihnen zur Vergrößerung seines Wildparks ihren Wald abkaufen. Jetzt möchten sie ihn fragen, was er dazu meine. »Daß ihr ihn behalten sollt, meine ich. Wenn ihr auch das Geld in der Gemeindekasse gut gebrauchen könntet, – es würde bald verläppert sein. Euer Wald bleibt aber dauernd ein einträglicher Besitz.« Die Gemeinde folgte seinem weisen Rat und gab ihrem Herrn eine abschlägige Antwort. Wenige Tage drauf erschien der Kronprinz, der nachmalige Wilhelm I., auf dem Gerlinger Rathaus und fragte den Schultheißen entrüstet, warum er und seine Ratsherren dem König die Erfüllung seines Wunsches verweigert hätten. – Dazu habe ihnen der Notar Hoffmann geraten und der sei ein kluger Mann, antwortete der Bürgermeister. Der Kronprinz begab sich schnurstracks zu Hoffmann und fragte den: »Wie kommt Er dazu, der

Gemeinde Gerlingen einen solchen Rat zu geben? Weiß Er nicht, daß mein Vater einen Asperg hat?!« – »O ja, weiß ich das«, entgegnete Hoffmann; »aber dort droben hat der Tag auch bloß vierundzwanzig Stunden.«

Als die französischen Revolutionsheere 1793 dem Württembergischen Herzog die Grafschaft Mömpelgard weggenommen hatten und auch in Württemberg einzufallen drohten, rief Herzog Ludwig

Eugen eilends eine Landmiliz ins Leben, befestigte die Pässe auf dem Schwarzwald, verbesserte die Festungswerke auf dem Hohentwiel und ihres schlechten Zustands wegen auch die Anlagen auf dem Hohenneuffen. Bei einem Kontrollbesuch auf der Feste, meldete der Kommandant Oberstleutnant von Kessel: »Durchlaucht zu melden: auf dem Hohenneuffen ist nichts Neues vorgefallen!« – »Gut!« erwiderte der Herzog; »ich bin schon froh, wenn da droben nichts Altes eingefallen ist.«

Anno 1911 stattete König Wilhelm II. in Begleitung einiger Hofherren dem Landgestüt Marbach-St. Johann einen Besuch ab. Der Landstallmeister führte die Majestät durch die Stallungen und Weidekoppeln und zuletzt zum St. Johanner Hof, wo seit kurzem vier schwere Ochsen standen, die zur Feldbestellung vorgesehen waren, solange die Hengste auf den im ganzen Land zerstreuten Beschälplätzen waren. Der König ließ einen anerkennenden Blick über die gut gefütterten Tiere hingehn und bemerkte, zum Stallmeister gewandt: »Prächtige Kühe haben Sie da eingetan!« Der Landstallmeister, unschlüssig, ob er die Majestät auf den Irrtum aufmerksam machen solle, sah zum Adjutanten hinüber, und der zwinkerte ihm aufmunternd zu. Also erlaubte er sich die Bemer-

kung: »Majestät, es sind Ochsen.« Darauf schaute der König genauer hin und nickte bestätigend: »Jaja, jetzt seh ichs, i hab vorhin gar net nunterguckt!«

Vor langer Zeit ließ einmal der Rottweiler Bürgermeister das Stadtarchiv ein bißchen in Ordnung bringen. Unter vielen verstaubten und versporten Büchern kam ein Kästchen aus Eschenholz zum Vorschein, mit Wachs überzogen und dreimal versiegelt. Am Boden klebte ein Pergamentstreifen auf dem stand: »Dieses kostbare Kästlein soll niemals und von niemanden geöffnet werden, sintemalen es das Rottweiler Staatsgeheimnis enthält!« Der Bürgermeister rief den Stadtrat zusammen und der beschloß, das Kästchen durch die drei höchsten Herrn des Reichskammergerichts öffnen zu lassen, damit der das Geheimnis ergründe. In ihrer Einfalt nahmen sie aber den drei Richtern den heiligen Eid ab: jemals und niemanden das Geheimnis zu offenbaren. Also nahmen die drei Herren das Geheimnis mit ins Grab – und bis auf den heutigen Tag kennt kein Mensch in der berühmten Narrenstadt das Rottweiler Staatsgeheimnis.

In den geruhsamen Zeiten, als noch der Postwagen fuhr, wirkte im badischen Lörrach ein wackerer Schwabe, Dr. Zeller, als Oberamtsarzt. Er war ein Mann von Geist und Herz, genoß großes Ansehen und galt als einer der besten Ärzte im Lande. Seine Beliebtheit verdankte er auch seiner witzigen und schlagfertigen Bemerkungen wegen, und zu denen gehörte besonders die Antwort, die er einst der Oberpostbehörde seines Landes erteilte. Da litt ein kleiner Postbeamter an einer Krankheit, die sich zum Leidwesen und Ärger seiner Vorgesetzten über alle Maßen in die Länge zog. Eines Tages verlangte die Oberpostbehörde von Dr. Zeller als zuständigem Oberamtsarzt eine »bestimmte« Angabe über den Zeitpunkt, zu dem die absonderliche Krankheit ein Ende finde. Unter Beachtung aller Formalitäten höflichen Amtsstils fügte Zeller seinem Gutachten mit Bedauern die Bemerkung an: »Die Medizin hat leider keine so präzisen Abfahrtsstunden wie die löbliche Großherzogliche Badische Post!«

Bei einem alten Bauernschulzen auf der Münsinger Alb guckt der Herr Oberamtmann auf einer Rundreise wieder einmal herein. Er findet alles in Ordnung, und der Dienstbesuch endet im »Lamm«. »'s schickt sich grad guat heut, Herr Oberamtma'«, sagt der Schultes, »Freitags bacht d' Lammwirte emmer Zwiebelkuache.« Also gehen sie miteinander ins »Lamm«. Der Schultheiß lädt den Herrn Oberamtmann ein und bestellt zwei Viertel Zwiebelkuchen. Gut heiß und ein bißchen fett ist der, drum meint der Herr Oberamtmann, ein Schnäpsle drauf könne nicht schaden. Die Lammwirtin will den Herrn ihr Wohlwollen erweisen und schenkt die Gläschen gestrichen voll ein. Nicht zum Verwundern, wenn beide beim Prösteln den Obstler ein bißchen verläppern. Um kein Tröpfchen verlorengehn zu lassen, streicht der Oberamtmann mit der nassen Hand ein paarmal über den ziemlich blanken Kopf; der Schultes hingegen reibt seine schrundigen Bauernhände ein. »Aber, Herr Schultheiß«, sagt der Oberamtmann, »wie kann ma' mit dem teure Schnäpsle d' Händ ei' reibe?« – »Ja, no, Herr Oberámtma'«, meint drauf der Schultes, »jeder reibts eabe do na', so 's ehm fehlt.«

Bei den Wahlen zum Zollparlament anno 1868 kandidierte der wegen seines Humors weitum bekannte Tübinger Professor Schäffle im Wahlkreis Ulm – Blaubeuren – Laupheim – Biberach. Bei der Wahlversammlung in Laupheim, einem Bezirk mit hervorragender Mastochsenzucht, sprach als erster der Gegenkandidat Schäffles. Er erzählte langs und breits auf trockenste Weise den Oberländer Bauern von den Segnungen des Freihandels, und weil es damals gerade beim Frauenvolk die neueste Mode war, die Pariser Krinoline zu tragen, führte der Redner im besonderen aus, wie finanziell vorteilhaft es sei, wenn die Franzosen die Laupheimer Ochsen kauften und dafür die Laupheimer billig zu Pariser Krinolinen kämen. Als Schäffle endlich drankam, begann er mit einem vielsagenden Grinsen: »Und i, meine hochgeschätzte Zuhörer, i muaß schao sage, daß mir a Laupheimer Ochs liaber ischt als a Pariser Krinoline!«

Eines besonderen Vorfalls wegen erging anno 1824 ein königlicher Erlaß an die württembergischen Oberämter, demgemäß umgehend und allerorten Anordnungen zu treffen seien, um in Zukunft die Beerdigung scheintoter Personen zu verhindern. Nach etlichen Monaten forderte das Oberamt seine Schultheißen auf, unverzüglich Bericht zu erstatten, ob dem königlichen Erlaß entsprochen worden sei. Der Hinterweiler Schultheiß Schäufele berichtete dem zuständigen Oberamt: »Seit Eingang des betreffenden Erlasses und während meiner langjährigen Amtszeit überhaupt, hat sich in unsrem Ort kein Scheintoter blicken lassen. Sobald ich, der Büttel oder der Feldschütz einen solchen aufgreifen, wird derselbe pflichtgemäß alsbald an das Königliche Oberamt weitertransportiert.«

Als in Deutschland und also auch im hintersten Dorf des Schwabenlandes die Einheitszeit eingeführt wurde, gab es viel Ärger und Unwillen; denn daß es sich bei dem obrigkeitlichen Befehl nur ums Uhrenverrichten, um einen Ruck am großen Zeiger handelte, das begriff mancher der Bauernschulzen auf der Alb, im Oberland und hohen Schwarzwald nicht. Dort mußten die Leute fünf Monate im Jahr ans Einheizen denken, und drum

kam auch von einem Schulzen die prompte Antwort: »Das hiesige Schultheißenamt tut dem Königlichen Oberamt kund und zu wissen, daß man hierorts, so wie 's seit alters der Brauch, immer dann einheizt, wenn es rechtschaffen kalt ist.«

Herzog Karl Eugen hielt sich gerne mit seiner »Franzel«, der Gräfin Franziska von Hohenheim, einige Tage im Herrenberger Schloß auf. Nach einer Jagd im Schönbuch ging er einmal mit ihr abends durch die Herrenberger Froschgasse. Da rümpfte Franzel ihr Näschen und sagte: »Karl, da riecht's!« – »Tut nichts!« meinte der Herzog. »Da wohnen halt arme Leute.« – »Wenn sie auch wenig haben«, meinte sie, »an Erbsen und Speck wird's ihnen gewiß nicht fehlen.« – »So, glaubst du?« sagte Karl Eugen. – Ein paar Tage später kamen sie müde und hungrig von der Jagd zurück, und als sie sich am Tisch gegenüber saßen, sagte die Franzel: »Was habe ich heut für einen Hunger! Ich wär mit dem Einfachsten zufrieden.« – »Kochst halt ein Gericht Erbsen mit Speck«, schlug der Herzog vor. »Leicht gesagt! Wenn ich bloß Erbsen und Speck zur Hand hätte.« »Siehst du, Franzel, so geht's den armen Herrenbergern auch, – wenn sie's hätten, würden sie auch Erbsen mit Speck essen und keinen Hunger leiden.

Im Eitlinger Gemeinderat gings trotz gegensätzlicher Ansichten der verschiedenen Parteien letztlich doch stets ums Gemeinwohl. Natürlich geriet einer oder der andere gelegentlich in Hitze, und wenn das Gestritt zu lang dauerte, kam die Mahnung vom Ipser-Karl: »Meine Herrn, zur Sache!« Der Bürgermeister Maier war aber auch anderes gewohnt. Einmal sagte er nach einer allzu ruhigen Sitzung zu seinem ersten Beigeordneten: »Schorsch, wenn i do an dia Zeite mit-m Gemeinderat Jakob Meier denk! Do isch ao no zuagange! Wenn dear en dr Wuat noch-m Dintefäßle glangt hot, dees samt Fedrehalter vor jedem Gmeinderat gstande ischt, ond brüllt hot: »Herrgottsakrament nomol, jetz hao-n-e vo' dene linke Predige gnuag!« – dees war no ebbes!«

Der Oberamtsrichter Kneil war bekannt durch seine Sparsamkeit und seine betonte Frömmigkeit, und manche schüttelten den Kopf darüber, wie nahe Frommsein und Geiz nebeneinander liegen konnten. Als er Hochzeit feierte – so erzählen solche, die dabei waren – sagte er auf der Kirchentreppe zu seiner ihm gerade Angetrauten: »Jetzt, Helene, wollen wir aber recht miteinander sparen!« War er in die Robe des Richters geschlüpft, saß er, die Hände auf dem Tisch gefaltet, wie marmorn auf seinem hochlehnigen Stuhl. Eines Tages führte man ihm zum wiederholten Mal einen armseligen alten Mann vor, der des Diebstahls beschuldigt war. »Es ist höchste Zeit«, sagte Kneil in warnendem Ton, »daß Sie endlich Ihre sündigen Taten gestehen und Buße tun! Ich lasse Ihnen eine Nacht in der Zelle Zeit, in sich zu gehen.« Als der Alte am andern Tag wieder vor dem Richter stand, fragte ihn der Gestrenge: »Nun, sind Sie bereit die Wahrheit zu sagen?« – »Ehrwürdiger Herr Richter, ich muß Ihnen voraus etwas erzählen«, begann der: »Heut Nacht hat's mir seltsam geträumt. Ich war in der Höll und der Teufel hat mir haarklein alle meine Sünden aus einem dicken Buch vorgelesen. Ich war darüber so geknickt, daß ich auf den nächstbesten Stuhl niedersank. Da stieg der Teufel von seinem Thron, stieß mich von meinem Sitz und sagte: »Das würde dir so passen! Weg da, dieser Stuhl ist für den sparsamen Oberamtsrichter Kneil vorgesehen!«

Zu einem Plieninger Bauern kam eines Tages der ‚Steuerkommissar'. »Ich bin beauftragt, Ihre Bücher zu prüfen«, sagte er mit kühler Sachlichkeit. »Es besteht Verdacht, daß Sie unwahre Angaben über Ihre Einkünfte gemacht haben.« – »I bscheiß neamer, ao de Staat et!« entgegnete der Bauer. »Und Büacher führ i koine; i schreib mei' bißle Sach ins Notizbüachle.« Der Steuerbeamte unterzog es von vorn bis hinten einer genauen Prüfung. »Im großen ganzen stimmen Ihre Angaben, – aber, wie verhält sich's mit den 1000, 2000, 1500, die Sie schön versteckt und ohne nähere Benennung auf den hinteren Seiten Ihres Notizbüchleins eingetragen haben?« – »Daß i et lach, Herr Kommissar!« sagte der gute Filderbauer. »Wenn dees bare Märkle wäret, ließ i mir's gfalle ond noh dätet Sia gern Ihre ordnongsgemäße Prozentle drvo' kriage, – aber gmoint send bloß Krautsetzleng!«

Im ersten Weltkrieg stürzte ein gemeiner Soldat außer Atem ins Offizierskasino und rief schon auf der Türschwelle: »Herr Leutnant Müller, dr oberscht . . .« – »Wie? Was!« fiel ihm der Offizier ins Wort; »*Herr* Oberst heißts und nicht: dr Oberst!« Der Soldat begann aber nochmals: »Herr Leutnant, dr oberscht . . .« Und als ihn der Leutnant unter Androhung von drei Tagen Arrest anschrie, es heiße »Herr Oberst«, machte der Soldat ein verzweifelt dummes Gesicht und meldete: »Dr Herr oberscht Abtritt ischt verstopft, lauft über ond de ganz Brüah schuißt d' Schtiag ra!«

Der einem alten schwäbischen Geschlecht entstammende General Wundt war ein Schwabe von echtem Schrot und Korn und hätte es für schändlich angesehen, seine Muttersprache zu verleugnen. Er war auch im Dienst »e Schwob«, auch im Ersten Weltkrieg, als er in Frankreich eine Anzahl Preußen im Stab um sich dulden mußte. Ein Kotbusser Gefreiter auf Nachtwache hörte eines Abends im Gebüsch ein Rascheln und Knistern, machte das Gewehr schußfertig und fragte ins Dunkel hinein: »Ist hier jemand?!« – »Em Gegetoil!« bekam er zur Antwort; »hier scheißt der General Wundt!«

Dem einstigen württembergischen Ministerpräsidenten von Weizsäcker brachte jeden Morgen ein Bäckerbub frische Brezeln ins Haus, vier um zwölf Pfennig. Der Ministerpräsident nahm sie immer selbst unter der Haustür in Empfang – einen Zehner und ein Zweipfennigstück in der Hand. Einmal aber hatte er nur einen Zehner und einen Fünfer im Geldbeutel. »Herr Ministerpräsident«, entschuldigte sich der Bäckerbub, »i han Sia als erste Kunde bsuacht ond ka' drom no et rausgeabe. Se müaßet halt warte bis morge ond hänt drei Pfennig guat.« – »Soso . . . sagst du leichtsinnig . . . und wenn i heut nacht stirb, was dann?«

– »O Herr Ministerpräsident, noh ischt ao et viel hee!«

Zu den Oberämtern, die vom demokratischen Staatspräsidenten Hieber anfangs der Zwanzigerjahre zum Abbau vorgesehen waren, gehörte auch das Oberamt Welzheim. Die empörten Welzheimer hatten aber nochmals Glück; denn als 1924 die Regierung Bazille ans Ruder kam, wurde Hiebers Erlaß aufgehoben. Doch wurde die Freude bald gedämpft, als im Staatsanzeiger bekannt gemacht wurde, die Welzheimer Stelle werde fortan nicht mehr mit einem ständigen Oberamtmann, sondern nur noch durch einen »Verweser« besetzt. Einen Tag nach dieser wieder neues Ärgernis erregenden Mitteilung legte ein alteingesessener Welzheimer auf den Stammtisch im Ratskeller einen Zettel mit der bitteren Feststellung: »Als Folge der in jüngster Zeit hierorts beobachteten Bazillen ist gestern amtlich zur Kenntnis gegeben worden, daß das Oberamt Welzheim in ‚Verwesung' übergegangen ist.«

Zu den Zeiten als der Bundestag in der Frankfurter Paulskirche tagte, besuchte ein Tuttlinger Wirt seinen Kreisabgeordneten in der Parlamentsstadt. Im Gasthaus, wo er auf den Landsmann wartete, sassen am Nebentisch einige bessere Herren in Frack und Stehkragen. Der Tuttlinger merkte, da sie immer mit einem gewissen Grinsen zu ihm herübersahen, daß sie's von ihm hatten, und es kam auch einer wirklich an seinen Tisch mit der Frage: »Mit Erlaubnis, Sie sind doch jewiß ein Schwabe? – »Jo, dees ben i.« – »Sachen Se mal, is det wahr, wat mir mein Großvater erzählte, dat die Schwaben zehn Taje blind bleiben nach der Jeburt?« – »Dees ischt wohr ond et zom leugne, – – aber *wenn* ehne noh d Auge aufganget, noh sehet se maeh wia guat ond kennet so en Esel, wia do grad oiner vor mir stoht, dur ond dur!«

Karl Julius Weber, 1767 im hohenlohischen Langenburg geboren, »der schwäbische Demokrit und lachende Philosoph«, durchreiste, meist zu Fuß und wenig mit der Postkutsche, ganz Deutschland und schrieb seine Eindrücke auf seine geistvoll originelle Weise nieder. Eines Tages besuchte er auch die berühmtesten schwäbischen Bäder im Schwabenland, Liebenzell und Wildbad. »In Wildbad – schrieb er – ist das Herrenbad durch eine Bretterwand geschieden von dem Bürgerbad und dem sogenannten Fürstenbad. Nahe daran entspringt die Quelle des Frauenbades. Man findet in Wildbad zwar keine großstädtischen Vergnügen und keine Prachtanlagen – es ist reine Natur – weder Spieltische noch Hetären, die das hinwegnehmen, was man in Bädern sucht. Noch kein Chemiker ist der Natur der Segensquelle auf die Spur gekommen. Das Prinzip ist verborgen, wie den Anatomen, die doch schon so viele tote und leider auch lebende Körper aufgeschnitten haben, die Seele! Es ist ein Kapitalbad!

Quält Schmerz und Krankheit deine Glieder,
macht welk dein Herz der Menschen Qual,
verlaß die Welt und steig hernieder
in Wildbads stilles Felsental!

In seinen hinterlassenen Papieren zog Weber mit Humor und Spottlust und dem skeptischen Lächeln des Weisen das Fazit: »Sagt, was hätten wir arme Schelme vom Leben, wenn wir unsere Torheiten nicht belachen dürften? Da wir einmal das Eintrittsgeld in die Welt bezahlt haben, ob sie gleich nicht das beste Theater ist, so laßt uns auch lachen.

Mein Haus ist bestellt, mein Posthuma geordnet und ich bin deshalb, wenn sich dieses Leben schließt, entschlossen, in den Sarg zu steigen, den Freund Hein öffnet.

Ich habe einige Freunde, von denen ich glaube, daß sie mich nicht vergessen werden ... Wenn sie mich überleben (was noch nicht so ausgemacht ist), werden sie meinen Hügel besuchen. Wollen sie etwas tun, so will ich mich jetzt erklären, wo ichs noch kann. Sie mögen meine Lieblingsblume, eine Rose, auf den Hügel pflanzen ... Wollen sie aber durchaus mein Grab mit einem Stein beschweren, so sei ihnen auch das gestattet; sie mögen meine Lieblingsgrabschrift darauf setzen, die sie kennen:

Hier liegen meine Gebeine.
Ich wollt', es wären deine.

Literatur

Abraham a Sancta Clara: Werke aus dem handschriftlichen Nachlaß. Band I, München 1943, Biographie: Th. G. von Karajan, Wien, 1867

Heinrich Bebel: Schwänke, 2 Bde, herg. von A. Wesselski, München, 1907

C. Belschner: Schwäbischer Humor. Anekdoten und Geschichten, Ludwigsburg, 1938

Götz von Berlichingen, zugenannt mit der eisernen Hand: Lebensbeschreibung, Nürnberg, 1731

Sebastian Blau: ob die Schwaben nicht auch Leut wären . . .? Tübingen/Stuttgart, 1953

Michael Greiner: Mein Stuttgart, Stuttgart, 1949

Theodor Haering: Schwaben-Spiegel, Reutlingen 1949

Julius Hartmann: Schwaben-Spiegel, Stuttgart, 1901

Albrecht Keller: Die Schwaben in der Geschichte des Volkshumors, Freiburg, 1907

Theobald Kerner: Das Kernerhaus und seine Gäste, Weinsberg 1913

Karl Friedrich Ledderhose: Leben und Schriften des Johann Friedrich Flattich, Heidelberg 1873

Michael Lindener: Katzipori, in Bibliothek des Litterarischen Vereins, Stuttgart 1558

Neresheim, Festschrift zum 600jährigen Stadtjubiläum, Aalen, 1950

Sebastian Sailer: Schriften im schwäbischen Dialekt, gesammelt von Sixt Bachmann, Buchau, 1819

Fritz Schneider: Die Ostalb erzählt, Heidenheim 1952

Friedrich Theodor Vischer: Auch Einer, Stuttgart, 1924

Heinrich Wagner: Geschichte der Hohen Carls-Schule, Würzburg, 1856

Carl Julius Weber: Demokritos oder hinterlassene Papiere eines lachenden Philosophen, 1832–1846

Carl Julius Weber: Deutschland oder Briefe eines in Deutschland reisenden Deutschen, Stuttgart, 1826/28

C. Weitzmann: Sämtliche Gedichte in schwäbischer Mundart, Straßburg, 1892

C. Weitzmann: Poetischer Nachlaß, herg. von Friedrich Weitzmann, Stuttgart 1853

Württembergische Volksbücher, Sagen und Geschichten, Stuttgart, 1905 ff

Eduard Zeller: Erinnerungen eines 90jährigen, Stuttgart, 1908

Zimmerische Chronik, nach der 2. Ausgabe von Karl Barack, Meersburg, 1932

Geschichte der Grafen von Zimmern, bearbeitet von H. Ruckgaber, Rottweil, 1840

Im Verlag Karl Knödler sind u. a. noch erschienen:

Fred Boger	Aus em Ländle
M. Bosch/J. Haidle	Schwäbische Sprichwörter und Redensarten
Fritz Joachim Brückl	Peterle vo dr Pfaffaschtub
Franz Georg Brustgi	Heiteres Schwabenbrevier
	Lichter spiegeln im Fluß
	Uf Schwäbisch gsait
	Schnurren um Franz Napoleon
	Zu sein ein Schwabe ist auch eine Gabe
Kurt Dobler	Fürs Herz ond Gmüat
	Onser Hoimet
Harald Fischer	No so drhärgschwädsd
Lore Fischer	Von Adam ond Eva bis zu de Schwoba
Bruno Gern	Des laß dr gsait sei
	Sonnawirbel
Erwin Haas	Wohl bekomm's
Karl Häfner	Alte Leut
	Mier Schwobe wearnt mit vierzge gscheit
	Vom Vierzger a'
Georg Holzwarth	Denk dr no
Ernst Kammerer	So isch no au wieder
Karl Keller	Poetisches Hausbüchlein für Schwaben
Otto Keller	Sacha ond Sächla
	's End vom Liedle
Lore Kindler	D'r Spätzlesschwob
Matthias Koch	Kohlraisle
Wilhelm König	Dees ond sell *(auch mit Schallplatte)*
	Hond ond Kadds
Hedwig Lohß	Aus meim Schwalbanescht
Eugen Lutz	Mei' Wortschatz
Manfred Mai	So weit kommts noh
Helmut Pfisterer	Weltsprache Schwäbisch
Ilse Rieger	Oder it?
Sebastian Sailer	Schriften im schwäbischen Dialekte
Adolf Schaich	Jetz isch letz

Hilde Schill	Moosrösle
	s' Schatzkämmerle
Heinz-Eugen Schramm	G-W (Gogen-Witze)
	Kaum zu glauben . . .
	Magscht mi?
	Maultasche'
	Wia mr's nemmt
Lina Stöhr	Grad zum Possa!
	Hoimetkläng
Wendelin Überzwerch	Uff guat schwäbisch
	Sprache des Herzens
Werner Veidt	Heiter fällt das Blatt vom Baum
	I möcht amol wieder a Lausbua sei
	Mr schlotzt sich so durchs Ländle
	Oh Anna Scheufele
	(Alle 3 Ausgaben auch in Kassette lieferbar)
Friedrich E. Vogt	Bsonders süffige Tröpfla
	En sich nei'horcha
	Schwabenfibel
	Schwäbisch mit Schuß
	Schwäbische Spätlese in Versen
	Täätschzeit
Winfried Wagner	Bloß guat, daß i an Schwob ben
	Mir Schwoba send hald ao bloß Menscha
	Schwäbische Gschichta
Rudolf Weit	Grad so isch
	No net hudla
	Ois oms ander
Willrecht Wöllhaf	. . . was mr grad en Strompf kommt
Heinz Zeller	De ei'gspritzt Supp

In allen Bändchen findet der Leser und Vortragskünstler humorvolle, bodenständige und »bodagscheite« Gedichte, Witze, Anekdoten und Prosatexte zum eigenen Vergnügen und zum Vortragen in fröhlichen Kreisen.